AF191861

© 2023 Christine Stutz
Herstellung und Verlag:
BoD – Books on Demand, Norderstedt
ISBN: 9783758323218

Kommt

Der

Weihnachtsmann

geflogen

Vorwort

Josef lief durch das dichte Schneegestüber und fluchte unanständig. Denn das hier, hatte er sich selbst zu verdanken. Warum musste er auch ausgerechnet heute den Schlitten testen. Sein großer Bruder hatte ihn doch gewarnt. Gewarnt vor dem Schneesturm. Doch stur, wie er war, hatte Josef die Warnung ignoriert und war trotzdem losgefahren. Wütend auf seinen Vater, der ihn mal wieder gemaßregelt hatte. Josef langweilte sich, er hatte keine richtige Aufgabe hier. Er war doch nur der Zweitgeborene. Sein großer Bruder, der würde der neue Weihnachtsmann werden, nicht er. Was sollte er also hier im magischen Reich? Er würde das magische Reich verlassen, wenn er alt genug war. Deswegen hate er sich wieder mit seinem Vater gestritten.

Kaum war er aus dem Weihnachtsdorf raus, wollte er losfliegen. Nur, um festzustellen, dass der Schlitten ihm in Stich ließ. Wieder fluchte er leise. Denn seine Zauberkraft reichte nicht, dass er diesen dämlichen Schlitten wieder zum Laufen bekam. Dafür war er ja nur zweitgeborene Sohn des großen Weihnachtsmannes. Nicht, das es ihm je gestört hätte, dachte er wieder. Doch heute könnte er etwas zusätzliche Zauberkraft gut gebrauchen. Josef besah sich wieder den Motor und fluchte. Das würde er nie schaffen. Wenn keine Hilfe kam, würde er hier erfrieren. Doch, wer sollte ihn suchen. Im Weihnachtsdorf liefen die Vorbereitungen für das große Fest auf Hochtouren.

Jetzt schrak er zusammen, eine Horde Wölfe näherte sich ihm. Das fehlte jetzt auch noch. Die Wölfe waren den Weihnachtsdorf Bewohnern nicht gut gesonnen. Josef befürchtete das Schlimmste. Die Haustiere des großen Hüters waren gefährlich. Schon hatte ihn diese riesigen Tiere erreicht und umzingelten ihn. Abwehrend hob Josef seine Hand. Die Tiere würden ihn verletzen oder sogar töten, dachte er finster. Oft genug hate er sie ja auch geärgert. Jetzt konnten sie sich rächen. Doch dann erstarrte Josef. Denn ein kleines Mädchen, kaum fünf Jahre, stieg vom Rücken eines der Wölfe und   ging zum kaputten Schlitten. So als sei es das natürlichste der Welt. Die Wölfe hielten Josef zurück, als er sich zu dem Kind begeben wollte. Schon hing das kleine Mädchen über den Motor und kicherte laut. Dann kam es wieder und wies Josef an, den Schlitten zu starten. Verwundert startete Josef den Motor und hörte   ihn erstaunt summen. So, als sei er nie kaputt gewesen. Zufrieden stieg das kleine Mädchen wieder auf den riesigen Wolf und hob kurz die schmale Hand. Die Wölfe drehten und folgten dem Kind wieder ins Schneegestöber. Schon war es verschwunden.

Vollkommen verwirrt, fuhr Josef Heim, zurück in das sichere Weihnachtsdorf. Zurück zu den Elfen und seiner Familie. Schon von weitem sah Josef seinen großen Bruder und seinen sehr wütenden Vater stehen. Beide sahen sehr besorgt aus. „Was für ein Glück, dass du Heim gefunden hast, Bruder. Ich wollte gerade suchen kommen. Vater sagte eben, dass dein Schlitten einen Defekt hat.

Er sollte in die Werkstatt. Doch er läuft ja einwandfrei." Rief Nick gegen den Schneesturm an. Josef hielt seinen Schlitten und sprang heraus. Mit einem Ruck riss er sich den dicken Schal vom Gesicht. „Ihr werdet mir nie glauben, was mir passiert ist, Vater, Nick. Ich glaube immer noch zu träumen." Sagte er schwer schluckend.

Prolog

Josef sah wieder zu seinem Bruder und verzog verärgert seinen Mund. Nick war so unverschämt glücklich mit seiner liebreizenden Frau. Warum war ihm solch ein Glück nicht vergönnt? Warum war er immer noch Single? Das verstand er nicht. Nein, er war nicht eifersüchtig, nur grenzenlos neidisch, überlegte er wütend. Wütend auf das Schicksal, das ihm hier in der geheimnisvollen

Einsamkeit keine Möglichkeit bot, eine nette Frau kennenzulernen. Sein Bruder hatte Babara bei einen seiner jährlichen Touren, rund um die Welt getroffen. Es war damals Liebe auf dem ersten Blick bei den beiden gewesen, erinnerte sich Josef finster. Im Dezember hatten sie sich kennengelernt und waren im Februar bereits verheiratet. Jetzt war sein Bruder bereits dreifacher Vater. Josef liebte seine zwei Neffen und seine niedliche Nichte. Doch er wünschte sich eine eigene Familie. Eine zuverlässige Partnerin, die ihn und sein Leben, sein abgeschiedenes Leben hier am Nordpol, akzeptierte. Hier war es wirklich einsam. Hier gab es keinen Strand oder Hitzewellen, die einem den Schweiß ins Gesicht trieben. Hier kam man nur ins Schwitzen, wenn eine der Spielzeugmaschinen mal wieder streikte, oder der Postbote wieder Verspätung hatte. Und man war hier wirklich abgeschieden vom Leben außerhalb der magischen Blase, überlegte Josef jetzt wieder und griff seine Jacke. Er würde sich mal in den Stall begeben. Denn die Rentiere brauchten endlich mal wieder Auslauf. Oder besser Flugstunden, dachte er etwas besser gelaunt. Viel andere Aufgaben hatte Josef hier ja nicht. Hier war sein großer Bruder die Hauptperson, der Mann in Rot. Er war und blieb nur der kleine Bruder.

„Es wird Zeit, dass dein Bruder seine Erwählte trifft, Nick. Seine Laune fällt schneller als das Thermometer. Und wir könnten endlich den Urlaub antreten, den du mir so lange schon versprochen hast, geliebter Mann. Auch, wenn ich mich hier wohl fühle, möchte ich ab und zu etwas von der anderen Welt sehen. Das habe ich lange nicht getan." Sagte Babara Kringel sanft wie immer. Sie war die ideale Partnerin für den energiegeladenen Nick Kringel. Immer, wenn der Mann auszuflippen drohte, war Babara zur Stelle, um den temperamentvollen Mann zu besänftigen. Und das war oft der Fall. Meistens, wenn sich die Brüder mal wieder uneins waren. So, wie jetzt, da es auf Weihnachten ging. Wie jedes Jahr gab es da Streit, wann man welche Touren fliegen sollte. Oder das Wetter werden

würde. Männer, sie fanden immer einen Grund zum Streiten, dachte Babara schmunzelnd.

„Josefs vermeintliche Seelengefährtin hat einen anderen geheiratet, Liebes. Er hat es damals versaut. Er war schon einmal verliebt, musst du wissen. Diese Frau war sein ein und alles. Sie sollte seine Seelengefährtin werden. Aber nach einem heftigen Streit, hat sie sich einem anderen Mann gesucht. Es stellte sich raus, dass die Frau eine Ungläubige war. Schlimme Geschichte damals." Gestand jetzt der große Mann und fuhr sich verlegen durch seinen Bart. Seine Frau hob jetzt neugierig ihren Kopf. Denn diese Geschichte war ihr neu. Nick seufzte leise. „Mein kleiner Bruder hat damals das magische Reich für ein paar Jahre verlassen. Er brauchte eine Aufgabe. Das hatte ihn damals hier weggezogen. Ich suchte ihn und bat ihn, ein Auge auf ein kleines Mädchen zu haben. Dabei lernte er die große Schwester des Mädchens kennen. Sofort war er fasziniert und verliebt. Das war übel. Josef hatte sich in eine Ungläubige verliebt. Es gelang ihm nicht, die Frau vom Gegenteil zu überzeugen. Es war eine schlimme Zeit damals. Die Frau war so dermaßen davon überzeugt, dass Josef einen an dem Marmel hatte, dass sie ihn einliefern wollte. Er konnte in der letzten Sekunde fliehen." Erklärte Nick geduldig. Seine Frau hob verwundert ihre Hände und kämmte mit den Fingern den unordentlichen Bart ihres Mannes. „Aber wie kommt ihr dann darauf, dass es Josefs Seelenverwandte war? Sie muss es doch auch gefühlt haben und dieses besondere Klingeln gehört haben. So war es doch auch bei uns. Das verstehe ich nicht, Nick." Sagte Babara verwirrt. Ihr Mann seufzte leise. „Josef hörte das Klingeln, wenn er mit der Frau zusammen war. Nicht immer, aber ab und zu. Das war für Josef das Zeichen, seine richtige Gefährtin gefunden zu haben. Dann, als er ihr unser Geheimnis offenbaren wollte, da flippte die Frau aus. Sie rief einen Therapeuten, der Josefs Geisteszustand untersuchen sollte. Schlimme Geschichte, wie gesagt. Aber, dass mit der Reise, war eine gute Idee. Josef kann den guten Onkel spielen und auf unsere Kinder aufpassen. Ich regele es mit meinem Bruder." Versprach Nick Kringel seiner

Frau grinsend. Ihm war gerade eine super Idee gekommen. Vielleicht wurden es doch noch tolle, entspannte Weihnachten. Vielleicht konnte er seinem Bruder doch noch seinen Weihnachtswunsch erfüllen.

1 Kapitel

„Mary? Glaubst du an den Weihnachtsmann? Die Großen sagen, es gibt ihn nicht." Fragte mich die kleine Sophie. Sie setzte sich zu mir und griff meine Hand. Die anderen Kinder setzten sich jetzt zu mir. Ich war glücklich, dass man mir die kleinen Kindergartenkinder unterstellt hatte. Denn mit denen arbeitete ich am liebsten. Die Kleinen waren so vertrauensvoll und lieb. Wurden sie älter, stellte sich oft das Flegelalter ein und es gab Ärger. Viele Eltern ignorierten es und überließen uns Kindergärtnerinnen diese Phase der Erziehung. „An den dicken Mann glauben? Ich habe ihn schon persönlich getroffen."

Beantwortete ich die Frage der kleinen Sophie. „Du hast den Weihnachtsmann schon getroffen? Ist das wahr?" fragte das kleine Mädchen mich ungläubig. Lächelnd nickte ich. Denn es war nicht gelogen, überlegte ich und wurde wieder leicht rot. Wieder erinnerte ich mich an den Weihnachtsabend zurück. Ich war damals sieben Jahre alt gewesen.

„Ich lag mit Fieber in der Wohnstube unseres Elternhauses. Meine Mutter war erschöpft eingeschlafen, müsst ihr wissen. Denn ich war damals sehr krank. Es sah nicht gut aus." Begann ich zu erzählen. Ich dachte an meine schwere Erkrankung und schwieg einen Moment. Es war Heiligabend und ich hatte meine Mutter gebeten, am Tannenbaum schlafen zu dürfen. Es schien damals meine letzten Weihnachten zu werden. „Ich lag also auf dem Sofa und bewunderte den leuchtenden Tannenbaum, als ich ein Geräusch auf dem Dach hörte. Ich erschrak furchtbar. Dann ging das Feuer im Kamin ganz kurz aus. Ich sah, wie der Weihnachtsmann durch den Kamin direkt in unserem Wohnzimmer fiel. Der Mann stieg über meine schlafende Mutter und kam zu mir. Er sagte, dass er mir meinen Wunsch erfüllen würde. Und das wäre, einmal den Weihnachtsmann zu sehen. Ich wäre ein so tapferes Mädchen, das ich es verdient hätte." Ich sah mich vorsichtig um und hob meine flache Hand. Darauf ließ ich die Figur des Weihnachtsmannes erscheinen. Einer meiner kleinen Tricks. Staunend sahen mich die kleinen Kinder mit offenen Mündern zu. „Wir haben uns lange unterhalten. Er nannte mich eine gläubige Seele. Er berichtete mir von seiner Heimat und den Elfen, die allerlei Unsinn anstellten." Erzählte ich den neugierigen Kindern. „Ja, ich weiß, dass es den Weihnachtsmann gibt, Kinder." Sagte ich voller Inbrunst. Ich dachte an meine Mutter und meine ältere Schwester, die mein Erlebnis damals als Traum abtaten. Meine ältere Schwester hielt mich damals für verrückt und durchgedreht, dachte ich wütend. Doch als sich drei Tage nach Weihnachten ein anonymer Spender meldete, glaubte wenigstens meine Mutter an Wunder. Ich wurde gerettet und wieder gesund. Das war jetzt sechszehn Jahre her. Schnell   ließ   ich   die   Weihnachtsfigur verschwinden, als ich harte Schritte hinter mir hörte.

„Miss Gawin? Kommen sie bitte in mein Büro!" hörte ich jetzt die strenge Stimme der Kindergartenleiterin rufen. Ich wusste, das bedeutete wieder Ärger. Und richtig. Denn ich hatte die Bürotür kaum geschlossen als sich der Ton der Leiterin veränderte. „Was fällt ihnen ein, den Kindern Märchen zu erzählen! Sie wissen doch, dass wir hier in dieser Institution großen Wert auf die Realität setzen! Wie können sie die Kinder mit Lügen vollstopfen. Wir vertreten hier die Ansicht, dass es diese Fabelwesen, wie den Weihnachtsmann oder den Osterhasen nicht gibt!" schrie mich die Frau auch schon an. „Unsere Kinder werden hier auf die wahren Werte des Lebens vorbereitet. Es war ein Fehler, sie auf die Empfehlung ihrer berühmten Schwester einzustellen." Schrie die Frau mich weiter an. Da war sie wieder, meine berühmte Schwester Carmen. Ich ahnte, wo dieses Gespräch enden würde. Deswegen hob ich die Hand und unterbrach das laute Gezeter der unangenehmen

Frau. „Sparen sie sich ihren Atem, Miss Bruster." Sagte ich nur und setzte mein gelangweiltes Lächeln auf. Das hatte ich in den letzten Jahren perfektioniert. „Geben sie mir einfach meine Papiere und fertig. Es wird auch so schon genug Sauerstoff für blödsinnige Diskussionen verschwendet. Finden sie nicht auch?" fragte ich dann so freundlich wie möglich. Die Frau schnappte nach Luft, wie ein Fisch am Land, fiel mir der Vergleich ein. Ihre Kinnlade ging hoch und runter, doch es kam kein Ton heraus.

„Wie jetzt? Du hast deinen Job schon wieder verloren? Was war es diesmal, Schwester. Erzähle mir nicht, dass du wieder deine Weihnachtsmanngeschichte erzählt hast." Sagte meine große Schwester Carmen am Telefon. „Gut, dann sage ich es dir nicht, Carmen. Diese Miss Bruster ist ein Drachen. Arme Kinder, die dort unterrichtet werden. An diesem Ort ist kein Platz für Fantasie" rechtfertigte ich mich bei meiner großen, berühmten Schwester. Carmen war eine sehr bekannte Psychologin. Alles, was Rang und

Namen hatte, war ihr Kunde. Dadurch hatte sie Miss Bruster kennengelernt und mir diesen Job besorgt. Für genau zwei Wochen, dachte ich schmunzelnd. „In sechs Wochen ist Weihnachten, Mary. Und wie willst du bis dahin einen neuen Job finden? Ich kann dir nicht immer helfen. Jetzt ist mal Schluss." Fauchte mein große Schwester wütend in den   Hörer. Es war ein Fehler gewesen, sie anzurufen. Doch ich wollte, dass Carmen es von mir   und nicht von Miss Bruster erfuhr, dachte ich verärgert. Carmen würde mich nie verstehen. Sie war so erfolgreich, wie ich ständig versagte, dachte ich beim Vergleich unserer beiden Leben. „Ich werde schon etwas finden. Burger braten kann doch jeder." Sagte ich nur und legte auf. Ich wusste. Carmen würde jetzt umgehend unsere Mutter anrufen, um sich über meine Undankbarkeit zu beschweren. Schließlich hatte sie meine Ausbildung finanziert und ich machte nichts daraus. Ganz im Gegenteil, ich versaute eine gute Chance nach der anderen. Das hier war der dritte Job innerhalb eines halben Jahres gewesen. Doch, Schwamm drüber und neu suchen, dachte ich etwas frustriert und schlug die

Tageszeitung auf. Irgendjemand würde doch wohl ein Kindermädchen suchen. Und so schlecht war ich nicht. Ich würde mich lieber als unkonventionell bezeichnen, überlegte ich schmunzelnd. Ich war das etwas andere Kindermädchen. So eine Art Mary Poppins, nur moderner, dachte ich jetzt grinsend. Denn das war meine Stärke, meine schlechte oder getrübte Laune hielt nie lange bei mir an. Mutig schlug ich die große Tageszeitung auf.

„Wagemutiges Kindermädchen gesucht"

Welche nette, sympathische junge Frau, hat Lust und den Mut, sich für drei Wochen auf ein außerordentliches Abenteuer einzulassen?

Wir, meine geliebte Frau und ich, möchten endlich mal wieder vereisen und unsere Flitterwochen wiederholen. Welche nette Frau hat Zeit, Lust und Energie, sich in dieser Zeit um unsere drei sehr lebhaften Kinder, 10, 7 und 4, zu kümmern? Gute Bezahlung wird vorausgesetzt. Allerdings müssten sie diese drei Wochen in unserem Zuhause wohnen, da wir sehr abgeschieden leben. Also, Reisebereitschaft ist notwendig.

Also, wir würden uns über ihre Bewerbung freuen. Meine Frau war lange nicht mehr im Urlaub und hat es sehr verdient.

Verwundert las ich diese fett gedruckte, sehr merkwürdige Anzeige in der Zeitung dreimal. Wer immer dieser Mann war, der die Anzeige aufgab, er musste seine Frau sehr lieben, überlegte ich schmunzelnd. Meine gute Laune stieg und entschlossen suchte ich Papier und Schreiber. Ich würde mich auf dieses Inserat bewerben, dachte ich. Ich war allein, ungebunden und hatte die Schnauze voll, mein Leben von meiner großen Schwester bestimmen zu lassen. Seit ich denken konnte, bestimmte Carmen, was in meinem Leben passierte. Welchen Kindergarten ich besuchen, welche Schule ich absolvieren sollte. Und welchen Beruf ich ergreifen musste. Es war nicht mein Wunsch gewesen, Kinder Betreuung zu erlernen. Ich wäre viel lieber Mechanikerin geworden. Motoren, egal ob Auto, Schiff oder Flugzeug, waren mein Hobby. In meiner Freizeit schraubte ich an allem herum, was ich finden konnte. Sehr zu Mutters Ärger damals. Mehr als einmal hatte sie mich aus irgendeiner Werkstatt gezerrt. Über und über verschmutzt. Immer wieder riss ich aus, um in irgendeiner Werkstatt zu schrauben. Mir fiel wieder ein, wie Carmen mich einmal ausfindig gemacht hatte. Zusammen mit ihrem damaligen Freund Joe. Keine Ahnung, wie die beiden, die versteckte Werkstatt finden konnten. Doch dann stand dieser Joe plötzlich vor mir, leise lachend, weil ich über und über mit Öl verdreckt war. Damals traf ich diesen Joe das erste Mal und mein Herzschlag setzte zwei Sekunden lang aus. Ich hatte mich von dieser Sekunde an, in den Mann verliebt. In seine blauen Augen und sein dunkles Haar. Doch seine Augen waren das Schönste an dem Mann, erinnerte ich mich schmunzelnd an meine erste Verliebtheit. „Dieser Dreckspatz ist deine Schwester, Carmen? Kaum zu glauben." Sagte dieser Joe breit grinsend. Diesen ersten Satz des Mannes würde ich nie vergessen, dachte ich. Ein Jahr später hatte Carmen den Mann abserviert und einen Professor geheiratet. Ich hatte Joe nie wiedergesehen. Keine Ahnung, *warum Carmen und Joe sich getrennt hatten. Aber ich hatte furchtbar geweint deswegen.*

Ich schnappte mir meine Jacke. Die Bewerbung war fertig. Ich würde sie sofort zur Post bringen. Der frühe Vogel fing den Wurm, sagte das nicht immer dieser Joe? Warum erinnerte ich mich ausgerechnet heute so oft an diesen Mann? Vielleicht, weil es wieder auf Weihnachten ging, dachte ich leicht betrübt. Denn Joe war der einzige Mensch gewesen, der nicht gelacht hatte, als ich ihm mein Erlebnis mit dem Weihnachtsmann erzählte. Ich erinnerte mich, wie ernst der Mann meiner Geschichte gelauscht hatte, so als wisse er, dass alles wahr gewesen war. Liebevoll hatte Joe seinen Arm um mich damals vierzehnjähriges Mädchen gelegt und mich getröstet. Das würde ich nie vergessen. Anders als meine Schwester. Erwähnte ich mal den Namen Joe, tat Carmen so, als wüsste sie nicht, von wem ich sprach. Als hätte es den Mann nie gegeben. Oder ich würde ihn mir auch nur einbilden. So, wie den Weihnachtsmann, dachte ich verärgert. Die Menschenschlange vor der Post war enorm. Nun, um diese Jahreszeit, wollte jeder seine Briefe rechtzeitig los sein, überlegte ich und zog meine Jacke fester um den Körper. Das hier würde dauern. Aber das war mein Schicksal, immer Geduld beweisen, dachte ich ironisch.

2 Kapitel

„Du hast was getan? Du hast eine Annonce aufgegeben, um ein Kindermädchen zu finden? Ist das dein Ernst?" fragte Babara ihren Mann. Auch, wenn sie sich in den ganzen Jahren an die verrückten Ideen ihres geliebten Mannes gewöhnt hatte, so musste sie diesmal nachfragen. Denn diese Aktion übertraf alles. „Ich kann mir nicht vorstellen, dass du so schnell eine passende Frau finden wirst. Wer ist denn schon so verrückt und meldet sich auf diese sehr niedliche, doch zugeben, dämliche Anzeige, geliebter Weihnachtsmann. Wir werden unsere Reise wieder absagen müssen. Die Elfen und dein Bruder sind mit unseren drei Teufeln überfordert, dass wissen wir beide aus leidvoller Erfahrung. Und das, mit deiner Anzeige, war zwar gutgedacht, aber sinnlos. Keine Frau, die etwas taugt und mit unseren Kindern fertig werden könnte, wird sich melden. Das könnte ich wetten." Schimpfte Babara weiter als ihr Mann nur wissend schwieg. „Da schließe ich mich an, Bruder. Du wirst keine Frau finden, die es mit deinen Kindern aufnehmen kann. Und ich weigere mich, wieder den Sündenbock für die drei „Engel" zu spielen. Immer, wenn ihr beiden diesen Ort verlasst, verwandeln sich die drei in Raubtiere. Wenn ihr verreisen wollt, nehmt sie mit. Das ist auch der Wunsch und Wille aller Elfen und anderen Bewohner hier am Nordpol." Schimpfte jetzt Josef schlecht gelaunt. Er war mal wieder auf seinem Ausflug, rein zufällig am ehemaligen Haus von Carmen vorbeigeflogen. Um mal nach seiner ehemaligen Verlobten zu sehen. Er konnte sich immer noch nicht erklären, warum er diese Frau für seine ideale Partnerin gehalten hatte. Es hatte damals mehrfach geklingelt, wenn er Carmen getroffen hatte. Dieses leise Klingeln, dass ihm zeigte, eine besondere Frau getroffen zu haben. Dieses Geräusch war schon lange verstummt und Josef hatte es seitdem nie wieder gehört. Trotzdem flog er immer wieder mal zu Carmen. Es war zu einer Gewohnheit geworden, dachte Josef jetzt grimmig. Carmen war verheiratet und Mutter von drei unerzogenen Kindern. Seufzend erinnerte Josef das an seine Neffen und seiner kleinen Nichte. Auch seine Schwägerin ließ viel zu viel durchgehen, überlegte Josef grimmig. Und jetzt wollte sein Bruder mit seiner Frau verreisen und die drei Teufel in seiner Obhut lassen. Er hatte ja sonst keine Aufgaben hier, dachte er finster. Josef befürchtete das Schlimmste. Voller Selbstmitleid verzog er sein Gesicht. „Du wirst kein Kindermädchen finden, dass mit deinen drei Prachtexemplaren fertig wird, Bruder. Da gehe ich jede Wette ein." Unkte Josef jetzt schief grinsend.

„Wette angenommen, Josef. Denn ich habe bereits eine aussichtsreiche Kandidatin gefunden. Das Prachtmädchen hat sich auf meine Stellenanzeige gemeldet." Sagte Nick lachend. Er zog einen dicken Briefumschlag aus seiner warmen Jacke. Er grinste zufrieden über die erstaunten Gesichter seines Bruders und seiner Frau. Liebevoll öffnete er den Brief und legte die Unterlagen auf den Tisch. „Es hat sich eine hervorragende junge Kindererzieherin gemeldet. Der Name sollte dir bekannt sein, Bruder." Sagte Nick wieder grinsend. Sein Plan fing an, zu funktionieren. Und sein Urlaub mit seiner Frau konnte auch starten. Den hatte er sich redlich verdient, überlegte er schmunzelnd. Seit der Geburt seines ersten Sohnes, waren sie beide nie wieder allein verreist.

„Mary Gawin? Bist du verrückt geworden, Nick? Mary Gawin! Ausgerechnet das Mädchen? Ich soll mich drei Wochen mit dem verrückten Mädchen herumärgern? Reichen dafür nicht deine Kinder? Hast du vergessen, wieviel Ärger ich damals mit dem Kind hatte? Jedes Treffen mit Carmen hat das freche Mädchen damals versaut. Immer, wenn sie dabei war, gab es Streit. Ich kann mich an keinen ruhigen Nachmittag erinnern. Du musst verrückt sein, wenn du Marys Bewerbung annimmst." Fluchte Josef jetzt wütend. „Wir *haben es damals keine zwei Sekunden im selben Raum ausgehalten und sollen uns jetzt um deine Kinder kümmern? Da mache ich nicht mit." Schnauzte Josef jetzt ungehalten und zerknüllte das Anschreiben. Ausgerechnet Carmens kleine Schwester sollte hierherkommen und drei Wochen die Kinder des Weihnachtsmannes hüten. Josef versuchte sich an das kleine, verträumte Mädchen mit den langen Haaren zu erinnern. Wie wütend es jedes Mal war, wenn er sie wieder mal aus irgendeiner Werkstatt gezerrt hatte. Einmal hatte Mary ihn gebissen als er sie in einer sehr versteckten Hinterhofwerkstatt entdeckt hatte. Sie hatte sich gewehrt und um Hilfe geschrien. Drei andere Jugendliche wollten Josef damals verprügeln. Doch dank seiner magischen Kräfte, konnte er sich gut behaupten. Er hatte Mary geschnappt und sich aus dem Staub gemacht. Und das war nicht die einzige, merkwürdige Situation, in die ihm Mary gebracht hatte. Mary war oft weggelaufen, um irgendwo an Motoren zu schrauben, erinnerte sich Josef verärgert. Er erinnerte sich an das glückliche Gesicht des kleinen Mädchens, wenn ein Motor*

Geräusche von sich gab. „Der Maschine Leben einhauchen" so sagte Mary früher immer. Den Satz würde Josef nie vergessen, dachte er. „Mary wurde Kindererzieherin? Das verstehe ich nicht. Ich hätte gewettet, sie würde Mechanik studieren, Nick." Sagte Josef jetzt etwas ruhiger. Jetzt war er doch etwas neugierig geworden. Denn mit allem hatte er gerechnet. Doch Mary und Kinder? Nein, das hätte er nicht vermutet.

„Ich frage mich auch, was dass alles zu bedeuten hat, geliebter Ehemann. Wer ist diese Mary? Ich kenne diese Geschichte nicht, wie du wissen solltest." Mischte sich jetzt Babara ein. Liebevoll griff sie die Hand ihres Mannes. Sofort spürte Josef wieder diese innige Verbundenheit der beiden und verzog sein Gesicht. Warum war ihm das verwehrt geblieben? Warum hatte Carmen nicht an das Wunder von Weihnachten glauben können? Wieder unterdrückte er einen leisen Fluch. Nick lächelte sein berühmtes Weihnachtsmann-Lächeln. „Mary ist eine Glaubende, Josef. Sie glaubt an das Wunder von Weihnachten. Sie hätte Zugang zu unserem

Reich." Sagte er dann heiser. Er dachte an Carmen. Sie glaubte nicht an Weihnachten und wollte im Gegenteil seinen Bruder damals einliefern lassen. Das war das Ende seiner Verlobung. Josef hatte Carmen seitdem nie wiedergesehen. Jedenfalls nicht offiziell. Er wusste natürlich, dass Josef die Frau immer mal wieder besuchte. Auch heute war sein Bruder wieder bei der Frau gewesen. Er war der Weihnachtsmann, er wusste Bescheid. Kein Wunder also, dass die Laune seines Bruders im Keller war. Und jetzt auch noch die Offenbarung, dass er Carmens kleine Schwester hierherholen wollte. Das reichte seinem Bruder, dachte Nick bedächtig grummelnd. Gerade wollte Nick seinem Bruder alles erklären als ein großer Knall alle verstummen ließ. Josef rannte zum Fenster. Und richtig, der riesige, geschmückte Tannenbaum auf dem Marktplatz ihrer kleinen Elfenstadt, lag umgekippt auf der Straße. Er blockierte den gesamten Verkehr, niemand kam an der riesigen Tanne vorbei. Vor dem umgekippten Baum standen drei kleine Menschen und sahen betroffen auf ihr Werk.

„Lass mich raten, Josef. Meine missratenen Kinder?" fragte Nick tonlos. Babara ließ sich erschöpft in den großen Ohrensessel fallen. „Sagt was ihr wollt, Männer. Ich brauche dringend Urlaub." Flüsterte sie schief grinsend.

„Was soll das Heißen, du verreist. Ich denke, du bist deinen Job los. Woher willst du das Geld für eine Reise nehmen, Mary. Ich hatte dich bereits hier bei mir eingeplant. Ich brauche dich für meine Kinder. Ich, ich habe eine Lesereise geplant und kann da die Kinder nicht gebrauchen. Du musst dich um Richard, Karl und Julia kümmern. Wozu habe ich deine Ausbildung finanziert!" zickte mich meine große Schwester Carmen seit einer halben Stunde an. Meine ach so berühmte Schwester fand einfach keine Kinderbetreuung mehr für ihre drei verwöhnten Rotzgören, das wusste ich natürlich. Jedes halbwegs vernünftige Kindermädchen nahm spätestens nach einer Woche die Beine in die Hand und rannte davon. „Du schuldest mir noch eine Menge Geld für deine

Ausbildung. Das kannst du jetzt abarbeiten!" zog Carmen jetzt ihre letzte, verzweifelte, Karte.

„Und ich muss Miete zahlen und Essen. Also nehme ich den bezahlten Job. Bei dir habe ich nur eine Menge Arbeit und Ärger. Wenig Schlaf und keine Kohle, liebe Schwester. Deine Kinder sind unerzogen und frech. Sie gehorchen weder dir noch deinem Mann! Oder warum ist mein Schwager so oft unterwegs? Soll dein Mann zuhause bleiben und sich um seine Nachkommenschaft kümmern." Sagte ich bitter. Meine Schwester hielt mir bei jeder Auseinandersetzung vor, dass sie mir die Ausbildung finanziert hatte. Eine Ausbildung, die ich nie haben wollte. Wieder dachte ich an meinen Wunsch, Mechanikerin zu werden. Doch das hatte Carmen mir damals versaut. Das sei kein Beruf für eine Frau, so redete sie meiner Mutter ein. Jetzt wechselte meine Schwester die Gesichtsfarbe. Das ließ mich stocken, denn das kannte ich nicht von Carmen. „Robert kommt nicht mehr heim. Er wohnt jetzt in der Hauptstadt. Bei seiner Assistentin. Die gute Frau ist schwanger

von Robert." Gestand Carmen mir jetzt ernst. Kämpfte sie, die berühmte Psychologin, etwa mit den Tränen? Mein so ernste, beherrschte Schwester hatte ihre Ehe gegen die Wand gefahren? Das erschütterte mich doch ein wenig. Denn eines ihrer Bücher, ein Bestseller, handelte von der perfekten Ehe. „Seid fruchtbar und mehret euch." Fiel mir da nur als Antwort ein. „Das ist nicht lustig, Mary!" fauchte Carmen mich jetzt untypisch an. Ich unterdrückte ein leises Grinsen. Ich hatte meinen Schwager nie gemocht. Robert war ein eingebildetes Arschloch. Das hatte ich dem Mann auch schon persönlich gesagt. „Wärst du damals mal lieber bei Joe geblieben. Der Mann war in Ordnung und hat dich wirklich geliebt." Sagte ich nachdenklich. Wieder runzelte meine Schwester ihre perfekten Augenbrauen. „Von wem redest du denn jetzt wieder, Mary. Wer ist dieser Joe, von dem du sprichst! Sehe ich aus, als würde ich einen Joe kennen? Jedenfalls wirst du diesen merkwürdigen Job absagen und übermorgen für zwei Wochen bei mir einziehen. Das bist du deiner Familie schuldig. Wir haben damals alle Opfer bringen müssen, als du so krank warst." Schimpfte Carmen jetzt laut. Da war sie, ihre letzte Trumpfkarte. Meine Krankheit damals. Damit hatte sie mich bislang immer zwingen können, ihre Wünsche zu erfüllen, dachte ich bitter schluckend. Doch heute würde ich mich widersetzen, schwor ich mir. Ich spürte, dass dieser ominöse Job meine Zukunft beeinflussen würde. Manchmal spürte ich so etwas. So, wie ich mich an den großen Mann, Joe Miller, erinnern konnte. Während meine Mutter und Carmen jede Erinnerung an ihn verloren hatten dachte ich still. Ich drückte mein Kreuz durch und schob meine Unterlippe hoch. Ein Zeichen meines Widerstands. „Ich werde diesen Job nicht aufgeben, Schwester. Frage doch Mutter, ob sie auf deine Plagen aufpasst. Ich werde verreisen. Ich freue mich schon auf den Job." Sagte ich zuversichtlicher als ich mich fühlte. Denn langsam kamen mir doch Bedenken. Was erwartete mich bei dem merkwürdigen Job? Was wusste ich denn schon von dem geheimnisvollen Arbeitgeber, der mich gestern Abend anrief. Sehr schnell, wenn man bedachte, dass ich meine Bewerbung gerade *mal vier Stunden zuvor zur Post gebracht hatte. Eine sehr nette Männerstimme sagte, ich würde am Freitag um acht Uhr abends, abgeholt, fertig. Und ich solle warme Kleidung einpacken, dass sei wichtig, hatte eine sympathische Frauenstimme aus dem Hintergrund dazwischen gerufen. „Ich werde dann mal packen gehen." Sagte ich und griff meine Jacke. Meine schimpfende und schreiende Schwester ignorierend. Egal wie schlimm die drei unbekannten Kinder waren. Schlimmer als Carmens konnten sie auch nicht sein, dachte ich still lächelnd.*

3 Kapitel

Nervös saß ich am Freitag auf meinen gepackten Koffern. Ich hatte mich für zwei mittlere Koffer entschieden und sortiert, was ich mitnehmen wollte. Es waren ja nur drei Wochen, hatte ich überlegt. Und wenn ich etwas anderes braucht, musste ich eben improvisieren, dachte ich schmunzelnd. Wieder ging ich zum Fenster und sah auf die Straße. Es war fast acht Uhr. Wann wollte denn der Wagen kommen, der mir versprochen worden. Der nette Mann am Telefon sagte doch, dass ich abgeholt werden würde. Hatte ich ihn verkehrt verstanden? Hoffentlich war ich nicht verarscht worden, dachte ich zum zehnten Mal. Das würde meiner großen Schwester so passen. Denn Carmen hatte immer noch keine Kinderbetreuung gefunden. Und ihre Anrufe füllten meinen Anrufbeantworter. Ich nahm das Telefon nicht mehr ab. Unsere Mutter war heute Mittag hier gewesen. Carmen hatte sie geschickt. Um meine Meinung zu ändern. Carmen musste sich doch um ihre Karriere kümmern. Gerade jetzt, da ihr Mann sie in Stich ließ. Da musste die Familie doch zusammenhalten. Und damit meinte sie, ich sollte ein Opfer bringen und die drei Kinder betreuen. Sie kam mit den dreien nicht zurecht. Obwohl es ihre Enkelkinder waren, tanzten sie meiner Mutter auf der Nase herum, dachte ich verärgert. Weder Mutter noch Carmen konnten sich durchsetzen, das war schon immer so gewesen. Mutter war zu sanft, Carmen hatte es mit ihren Psychotricks versucht. Sie hatte jedes freche Verhalten ihrer Kinder mit irgendwelchen lateinischen Begriffen begründet und gut war es.

Das Ergebnis waren drei kleine Teufel, die keine Grenzen kannten. Ich hatte meiner Mutter ebenso eine Absage erteilt, wie ich es wenige Minuten bei einer wütenden, in mein Apartment stürmende, Carmen wiederholte. Zum ersten Mal hatte ich mich durchgesetzt. Ich würde diesen fremden Job annehmen.

Wieder sah ich auf die Straße. Immer noch kein Wagen zu sehen. Vielleicht war ich doch auf eine falsche Anzeige reingefallen, dachte ich als die alte Standuhr hinter mir acht Mal schlug. Schade, ich hatte schon so etwas wie Abenteuer Fieber entwickelt, dachte ich enttäuscht. Besser, ich packte meine Koffer wieder aus. Und dann würde ich Carmen anrufen. Meine große Schwester hatte wieder gewonnen. Wütend drehte ich mich herum und stolperte über den zweiten Koffer. Ich fiel und knallte mit dem Kopf gegen den Türrahmen. Mir wurde schwindlig und voller Schmerzen, ließ ich mich aufs Bett sinken. Alles drehte sich und mir schwarz vor Augen. Besser, ich ruhte mich einen Augenblick aus. Dann schwanden mir die Sinne.

Josef fluchte unchristlich. Ausgerechnet ihn schickte sein Bruder, um die kleine Mary abzuholen. Na, so klein sollte das Mädchen nicht mehr sein, korrigierte sich Josef. Er überlegte, dass immerhin acht Jahre vergangen waren. Wie alt mochte Mary jetzt sein? Zweiundzwanzig, wenn er sich nicht irrte. Wieder erinnerte er sich an die turbulente Zeit mit dem Mädchen damals. Immer wieder war es ausgerissen, um sich rumzutreiben. Dank seiner magischen Kräfte war es Josef gelungen, Mary zu finden. Sehr zum Ärger des Kindes, dass wieder an irgendwelchen Motoren schraubte. „Ausgerechnet Mary wurde Kindermädchen." Sagte Josef sarkastisch. Er war spät dran. Ein heftiger Schneesturm zwang ihn, einen großen Umweg zu fliegen.

Mary würde sich nicht an ihn erinnern, überlegte Josef jetzt schmunzelnd. Damals hatte er eine Menge Vergiss-mich Zauber verwendet. Nachdem Carmen gedroht hatte, die Irrenanstalt zu benachrichtigen, erinnerte er sich wieder bitter schluckend. Nach ihrem Urlaub damals. Der

Urlaub, in dem Josef Carmen alles zeigen wollte. Der Urlaub, der Anfang vom Ende ihrer Beziehung. Josef sah kurz auf seine Uhr. Zehn Minuten Verspätung, das gefiel ihm gar nicht. Er war gerne pünktlich. Endlich kam das Wohnhaus von Mary in Sicht. Grimmig landete Josef den Schlitten auf dem Dach. Hoffentlich war Mary noch zuhause. Nick hatte ihm erzählt, wie sehr Carmen ihre Schwester unter Druck gesetzt hatte. Josef kannte Carmens ungezogene Kinder und fluchte verstimmt. Seine Neffen und Nichte waren schon schlimm, doch Carmens Kinder toppten alles. Hoffentlich war Mary noch zuhause, denn Josef konnte Hilfe brauchen. Nick und Babara wollten morgen Früh nach Paris fliegen. Ihr erster Urlaub, seit die Kinder auf der Welt waren. Sie hatten es sich verdient. Vielleicht würde Josef dieses Jahr wieder bei der Bescherung helfen, überlegte er jetzt etwas besser gelaunt. Er brauchte eine Aufgabe, dachte er wieder. Immer nur der Handlanger seines Bruders zu sein, nervte. Er zwinkerte und materialisierte sich eine Sekunde später in Marys Wohnzimmer.

„Dieses idiotisches Arschloch. Wenn ich den noch mal spreche, kann der sich warm anziehen. Verarscht mich und verspricht mir einen gutbezahlten Job! Garantiert sitzt er in irgendeiner Kneipe und lacht sich schief über mich naives Frauenzimmer! Ich trete den Kerl dorthin, wo es ihm richtig wehtut." *Hörte Josef eine dunkle Frauenstimme schimpfen. Und es klang echt wütend. So, wie die junge Frau schimpfte. Es kam aus dem Schlafzimmer, dachte er amüsiert. Mary war also immer noch so temperamentvoll wie früher, dachte Josef breit grinsend. Schade, dass Mary sich nicht mehr an ihn erinnern würde, überlegte er lachend. Doch der Vergiss.-mich Zauber löschte alle Erinnerungen unweigerlich für immer.* *„Hallo, Taxi, Miss Mary! Ich bin hier, um sie abzuholen!"* *meldete sich Josef laut an. Breit grinsend stand er in seiner dicken Jacke im Wohnzimmer. Er war gespannt, wie Mary jetzt aussah. Es waren immerhin elf Jahre vergangen. Josef hörte jetzt einen Koffer auf den Boden fallen. Dann folgten schnelle Schritte.*

„Wie sind sie in meine Wohnung gekommen, Mister!" hörte er Marys wütende Stimme sagen. Dann kam ein brünetter Lockenkopf um die Ecke. Mary Gawin, kein Zweifel möglich, dachte Josef zufrieden. Er erinnerte sich gut an diese Haarpracht. Früher waren die Haare raspelkurz, das ließ Mary oft wie einen Jungen aussehen. Sehr oft war sie damit verwechselt worden. „Hallo, mein Name ist.." sagte Josef und stockte.

„Joe Miller. Das du dich noch mal sehen lässt. Dich Windhund hätte ich hier nicht erwartet. Es sind ja acht Jahre vergangen, wenn ich mich richtig erinnere. Du warst damals so schnell verschwunden. Nicht einmal verabschiedet hast du dich damals." Sagte Mary frech grinsend.

Eine Männerstimme hatte mich geweckt. Wie lange hatte ich geschlafen? Meine Kopfschmerzen waren verschwunden. Zufrieden erhob ich mich. Vorsichtig sah ich um die Ecke meines Schlafzimmers und grinste. „Joe Miller. Das du dich noch mal sehen lässt. Dich Windhund hätte ich hier nicht erwartet. Es sind ja acht Jahre *vergangen, wenn ich mich richtig erinnere. Du warst damals so schnell verschwunden. Nicht einmal verabschiedet hast du dich damals." Sagte Mary frech grinsend.*

Geschockt riss der Mann vor mir seine Augen auf. „Du kannst dich an mich erinnern, Mary Gawin?" fragte Joe verwundert. Seine dunkle Stimme klang brüchig. So als würde er mir nicht glauben. Lächelnd nickte ich und setzte mich in den großen Ohrensessel. Joe hatte sich kein bisschen verändert, dachte ich still schmunzelnd. Den Mann wiederzusehen, wie lange hatte ich es mir gewünscht, überlegte ich still. Eigentlich war es jedes Jahr mein Weihnachtswinsch gewesen, dachte ich still. Immerhin war Joe meine erste, große Liebe gewesen, überlegte ich weiter. Und jetzt endlich stand der Mann wieder vor mir. „Der Weihnachtsmann hat sich aber lange Zeit gelassen, um mir meinen Wunsch zu erfüllen." Murmelte ich leicht grinsend. Ich erinnerte mich schwach an meinem Unfall. Vielleicht war ich ja eingeschlafen und träumte das alles. Möglich wäre es. Schließlich träumte ich öfter von Joe.

„Wie bitte?" fragte Joe immer noch geschockt. Er lehnte sich perplex an den Stubentisch und verschränkte seine Arme. „Wie kannst du dich an mich erinnern. Das ist doch unmöglich. Ich habe doch reichlich Vergiss-mich Zauber verwendet." Sagte Joe verwundert, dass ich weiterhin nur grinste. Immer wieder glitt sein Blick über meine Gestalt. Das machte mich jetzt etwas nervös. Und es ärgerte mich. „Ich weiß selbst, dass ich nicht so schön wie Carmen bin, Holzkopf. Du musst uns nicht vergleichen. Meine Schönheit liegt innerlich." Sagte ich grantig. Endlich grinste Joe wieder etwas. „Holzkopf, so hast du mich früher immer genannt. Ich erinnere mich gut." Sagte er dann leise. Ich nickte und erhob mich wieder. „Dein Verschwinden hat mir damals echt wehgetan, Holzkopf. Trotz unserer ewigen Streitereien warst du mein Freund. Ich hätte eine Erklärung verdient. Meinst du nicht?" fragte ich ernst. „Und warum erinnern sich meine Mutter und Carmen nicht an dich? Warum sehen mich die beiden immer so merkwürdig an, wenn ich dich erwähne? So, als fehlen mir fünf Murmeln im Beutel?" fragte ich weiter als der Mann vor mir schwieg.

„Du erinnerst dich also wirklich an mich. Das ist ein Wunder. Der Vergiss-mich Zauber hat noch nie versagt. Du bist die erste." Sagte Joe tonlos. „Das muss mir Nick erklären. Das verstehe ich nicht, Mary." Er hob seinen Arm und sah auf seine Uhr. „Wir sollten jetzt los. Unser Flug wird etwas dauern. Immerhin ist eine weite Strecke." Murmelte Joe finster. Was hatte seine gute Laune verhagelt, überlegte ich. „Ich werde schnell meine Koffer holen. Zum Glück habe ich sie noch nicht ausgepackt. Du kamst gerade noch rechtzeitig. Zehn Minuten später wäre ich weggewesen." Sagte ich und wollte mich abwenden. „Lass mich das machen. Zieh du dich sehr warm an." sagte Joe und griff meinen Arm, um mich aufzuhalten. Ein lautes Klingeln, wie von großen Kirchglocken, ließ mich zusammenzucken. „Wo kommen denn plötzlich die Kirchenglocken her, Holzkopf?" fragte ich verwundert und schüttelte Joes Hand ab. „Du hast es also auch gehört, Mary Gawin?"

fragte Joe mich unsicher. Sekundenlang standen wir beide uns gegenüber. Keiner wusste etwas zu sagen. Endlich räusperte ich mich und versuchte zu Lächeln. „Das bringt mich wieder zu meiner ersten Frage, Mister Joe Miller. Wie bist du in meine Wohnung gekommen. Und warum höre ich jedes Mal Glocken, wenn du in meiner Nähe bist? Das war früher schon immer so." fragte ich neugierig. „Ich erinnere mich, dass ich früher immer kleine Glocken hören konnte, besonders, wenn wir uns angeschrien hatten." Erzählte ich, während ich meinen dicken Mantel anzog. Dann blieb ich vor dem großen, breiten Mann stehen. Ich musste meinen Kopf heben, um Joe ins Gesicht sehen zu können. „Und, wie fliegen wir, Großer. Hast du einen Hubschrauber oben auf dem Dach geparkt? Ich bin noch nie mit einem Hubschrauber geflogen." Sagte ich dann. Ich wartete, bis Joe wieder mit meinen Koffern erschien. Der Mann wirkte sehr nachdenklich. Ich vermisste seine sonstigen, flappigen Scherze. Joe stand wieder schweigend vor mir. „Du wirst überrascht sein. Und es wird dir gefallen, kleiner Dreckspatz. Behalte deine Finger während des

Fluges bitte bei dir. Ich erinnere mich gut. Wie schnell du einen Motor zerlegen konntest, Mary Gawin." Sagte Joe jetzt endlich wieder grinsend. „Wir müssen aufs Dach. Dort steht unser Fluggerät." Sagte er und griff wieder meine Hand. Diesmal blieben die Glocken ruhig, konnte ich noch denken. Dann löste ich mich auf und stand Sekunden später auf dem Dach meines Wohnblocks. Merkwürdigerweise war nicht einmal überrascht davon. „So sind wir damals also den Schlägern entkommen, ich verstehe." Murmelte ich leise. Dann sah ich mich suchend um. „Und wo ist jetzt deine Flugmaschine, Großer?" fragte ich verwundert. „Oh, entschuldige, du kannst es ja nicht sehen. Warte einen Moment." Sagte Joe und zog einen kleinen Beutel aus seiner Tasche. Mit einer eleganten Handbewegung streute er mir eine Prise davon in die Augen. „He, du Idiot. Was soll das!" schnauzte ich Joe an. Doch der Mann lachte nur und drehte mich herum. erschüttert lehnte ich mich an Joe. „Hole mich doch der Beelzebub." Konnte ich nur noch keuchen.

4 Kapitel

Vor mir erschien, wie aus dem Nichts, der Schlitten des Weihnachtsmannes. Wunderschön und riesig, stand das Gefährt auf dem Dach meines Wohnhauses. „Kneif mich, damit ich merke, dass ich nicht träume." Sagte ich und schrie gleich darauf auf. Denn Joe nahm es wörtlich. „He, du Idiot." Fauchte ich verärgert. „Das war eine kleine Rache für deinen Biss damals." Sagte Joe und wies auf den Schlitten vor uns. „Jetzt ahnst du wohl, wo es hingeht, oder?" fragte er dann breit grinsend. Staunend ging ich um den riesigen Schlitten herum. So etwas hatte ich noch nie gesehen, immer nur geträumt, dachte ich schmunzelnd. „Ich hielt dich damals schon immer für einen Weihnachtsmann. Schön, dass sich meine Meinung bestätigt." Scherzte ich und sah Joe nachdenklich an. War ich eingeschlafen und träumte das alles jetzt? Oder hatte ich einen schweren Unfall und schwebte jetzt irgendwo im Nirwana. Ich versuchte ein verlegenes Lächeln, als mir etwas einfiel. Ich sollte doch auf drei Kinder aufpassen. Waren es etwa Joes Kinder? Mein Herz machte einen traurigen Hüpfer. War Joe vielleicht verheiratet, Vater und benötigte jetzt ein Kindermädchen? Nun, es waren ja acht Jahre vergangen, überlegte ich. Eine lange Zeit, die durchaus für Kinder reichte, überlegte ich traurig.

„Ich bin nicht der Weihnachtsmann, Mary. Ich bin sein Bruder. Und du musst mir helfen, meine Neffen und Nichte zu bändigen. Mein Bruder möchte mit seiner Frau endlich mal wieder verreisen." Erklärte mir Joe jetzt grimmig und zwinkerte. Plötzlich saß ich im riesigen Schlitten neben dem Mann. Fast hätte ich vor Schreck aufgeschrien. Doch dann beherrschte ich mich und untersuchte neugierig das Armaturenbrett vor mir. „Okay, ich träume anscheinend. Anders kann ich mir das alles nicht erklären." Sagte ich und fuhr mit den Fingern über die glänzenden Knöpfe vor mir. „Finger weg, sagte ich doch! Und du träumst du nicht, Mary Gawin. Soll ich dich noch einmal kneifen?" fragte Joe. Er zog sich die Augen zusammen und konzertierte sich auf den

Start. „Untersteh dich, mich noch einmal zu kneifen, Joe Miller. Ich beiße dich wieder." Drohte ich scherzhaft. Dann kicherte ich. „Du bist also der Bruder des Weihnachtsmannes. Und ausgerechnet du hast dich in meine Schwester Carmen verliebt. In die Frau, die dafür wirbt, das heidnische Weihnachtsfest abzuschaffen. Die sich weigert, das Fest zu feiern. Jedes Jahr gab es deswegen Stress mit meinem Schwager. Robert wollte feiern, Carmen weigerte sich." Erzählte ich jetzt amüsiert. Dann wurde ich wieder ernst, denn mir fiel ein, dass dieser Joe, Carmen ja geliebt hatte. Vielleicht liebte er meine Schwester immer noch, überlegte ich schwer schluckend.

„Das war auch der Grund, warum ich mich von deiner Schwester getrennt habe, Mary. Nur eine Gläubige kann unser magisches Reich sehen. Und es betreten. Erinnerst du dich an den Urlaub damals, den ich mit Carmen unternahm? Ich reiste mit ihr zum magischen Tor und beichtete ihr, wer ich war. Ich hoffte, wenn Carmen mir glauben würde, dann würde sie das magische Tor sehen und mich dorthin begleiten. Doch deine

Schwester konnte nichts sehen. Ganz im Gegenteil, lachte sie mich aus und hielt mich für einen Verrückten, der eingeliefert gehörte. Ich musste mich schützen. Also löschte ich eure Erinnerungen an mich und tauchte unter." Erklärte Joe mir geduldig. Dann schwieg er und der Schlitten hob ab. „Das bringt mich zu der Frage, warum du dich dann immer noch an mich erinnern kannst. Dich habe ich doch auch mit dem Vergiss-mich Zauber behandelt." Murmelte er leise. Dass war nicht für mich gedacht gewesen, das ahnte ich. Deswegen zuckte ich nur mit den Schultern. Zeit, das Thema zu wechseln. „Wie fliegt dieser Schlitten? Und was ist mit den Rentieren? Habt ihr sie in Rente geschickt? Zeit wäre es ja dafür. Wie alt sind Blitzen und Donner jetzt?" scherzte ich. Ein Grummeln war meine einzige Antwort. „Den Rentieren geht es gut. Sie ruhen sich für die große Tour zu Weihnachten aus. Dieser Schlitten ist nur der Transportwagen für alles andere, wenn du verstehst. Und er wird, wie alles bei uns, mit Magie betrieben. Wir fliegen außerhalb der Zeit. Sieh auf deine Uhr. Die Zeiger bewegen sich nicht." Sagte Joe und ging jetzt etwas runter. Er wies auf eine weihnachtliche, leuchtende Stadt unter uns. Bewundernd sah ich mir die liebevoll geschmückte Stadt näher an. „Das ist Stockholm, Mary. Die Schweden geben sich jedes Jahr große Mühe. Sie   feiern das Fest richtig." Sagte Joe jetzt lächelnd. Mein Herz machte wieder einen Hüpfer. Wie hatte ich dieses Lächeln vermisst, dachte ich kurzatmig. Nicht, dass er je für mich so gelächelt hatte. Nein, mich hatte er immer nur böse angesehen. Er hatte meine große Schwester so angelächelt. Wissend, dass er sie liebte. Ich durfte immer nur dabei zusehen. Unbeachtet, unerwünscht. Der kleine Störenfried, die Nervensäge, so betiteltete mich Carmen früher immer. Unwillig verzog ich jetzt mein Gesicht.   Ob er jetzt gerade wieder an Carmen dachte? Ich wusste es nicht.   Hastig senkte ich meinen Blick.

Wir schwiegen beide eine Weile. Keiner wollte wieder etwas sagen, dass den anderen verärgerte. „Wir beide hatte keine lustige Vergangenheit, oder? Ewig hast du meine Treffen mit Carmen gestört. Und wenn nicht, dann warst du ausgerissen, um irgendwelche Motoren zu reparieren, Mary. Immer mussten wir dich suchen. Ich wundere mich, dass du nicht Ingenieurin geworden bist. Das wäre doch dein Traum gewesen, dachte ich immer." Sagte Joe, um die Stille zu beenden. Ich seufzte und kämpfte mit meinen Tränen. Denn Joe hatte einen wunden Punkt getroffen. „Unsere Mutter hatte zwei Jobs, um uns zu versorgen. Ich war damals vierzehn Jahre alt, Joe Miller. Meine sechs Jahre ältere Schwester sollte auf mich aufpassen. Es war also kein Wunder, dass du so oft auf mich getroffen bist, Großer. Entschuldige, dass ich dich und Carmen beim Schmusen gestört habe." Sagte ich sarkastisch. „Und habe ich euch allein gelassen, dann habt ihr mich gejagt und wie der eingefangen. Ich kam immer ganz gut allein zurecht. Ihr hättet mich nicht suchen müssen. Das hätte dir einige, schmerzhafte Erfahrungen erspart." Sagte ich bitter. Ich zog mir eine dicke Decke aus einer der vielen Schubladen und rollte mich ein. Dann schloss ich demonstrativ meine Augen. Joe sollte mich nicht weinen sehen. „Ich wollte Ingenieurin werden, Joe Miller. Doch

Carmen redete meiner Mutter ein, dass sich das Studium für mich nicht lohnen würde. Es wäre rausgeworfenes Geld. Ich hätte vielleicht das Handwerkliche, doch ich hätte nicht das Zeug für das Theoretische. Ich solle lieber etwas Handfestes lernen. So etwas wie Kindererziehung. Mutter war schon immer auf Carmens Seite, vor allem wenn Carmen meine Ausbildung finanzierte. Im Nachherein denke ich, das Carmen aus mir ihr persönliches Kindermädchen machen wollte." Sagte ich heiser von meinen unterdrückten Tränen. Wie früher als Kind, zog ich mir die Decke über den Kopf. Ich verschwand wieder in meine eigene Welt und schlief ein.

Josef wusste noch von früher, dass man in dieser Situation, Mary besser nicht ansprach. Das hatte ihm damals mehr als einen blauen Fleck eingebracht, erinnerte er sich seufzend. Oft hatte er damals versucht, zu dem stets wütenden und bockenden Mädchen vorzudringen. Er war doch der Bruder des Weihnachtsmannes und kam eigentlich mit allen Kindern klar. Das dachte er damals jedenfalls immer. Doch bei der kleinen Mary hatten seine Kräfte versagt. Josef erinnerte sich schmerzhaft daran. „Seit ihrer schweren Erkrankung, ist meine kleine Schwester sonderbar geworden, Liebling. Mach dir nichts draus. Irgendwann wird Mary sich wieder fangen." Sagte Carmen immer, wenn Josef wieder versagt hatte. Carmen hatte ihre kleine Schwester damals immer ignoriert, dachte Josef schwer schluckend. Jetzt wurde ihm klar, wie einsam Mary immer gewesen war. Kein Wunder also, dass sie so oft wie möglich ausgebrochen war. Um ihrem Hobby, ihrer Leidenschaft nachzugehen. Manchmal bei den verkehrten Typen, erinnerte sich Josef an die Rocker, die ihm damals verprügeln wollten. Josef hatte Mary damals mit Hilfe seiner magischen Kräfte gefunden. In dieser Hinterhofwerkstatt. Mary hing über den Motorraum eines alten Fords und war vollkommen verdreckt. Josef erinnerte sich gerne an das lachende, strahlende Gesicht des kleinen Mädchens, als der Wagen endlich ansprang. Und an den Jubel der hartgesottenen Rocker. Und dann war er erschienen, um den Spaß zu beenden. Um Mary Heim zu bringen. Um

Carmen damals zu imponieren. Vielleicht hätte er damals anders reagieren sollen. Die harten Jungs hatten Mary doch nichts getan. Ganz im Gegenteil, hatten sie das Mädchen gemocht. Das Mädchen mit einem Herzen für Motoren, dachte er jetzt schmunzelnd.

„Was ist das denn wunderschönes." Weckte ihm Marys Stimme aus seinen Erinnerungen. Sie hatten das magische Tor erreicht. Das Tor, das die Weihnachtswelt von der realen Welt schützte und trennte. Nur wahrhaft gläubige Menschen konnten es sehen.

„So etwas Schönes habe ich noch nie gesehen." Hauchte   ich überrascht. So viele bunte Farben, einem Regenbogen gleich, glitzerten am Horizont. „Du kannst das Tor also sehen, Mary Gawin. Deine Schwester konnte es damals nicht. Merkwürdig, wie verschieden Geschwister sein können." Murmelte Joe jetzt grimmig. Wieder musste der Kerl meine Schwester erwähnen, dachte ich bitter. Hatte er meine Schwester all die Jahre nicht vergessen können? Liebte er Carmen noch immer? Ein heftiger Stich ging durch mein Herz. So, wie damals, wenn Carmen den großen Mann geküsst hatte. Aus Dankbarkeit, weil er ihre ausgerissene Schwester wieder Heim gebracht hatte. Heim, bevor Mutter von der Arbeit kam und merkte, dass Carmen ihre Aufsichtspflicht mal wieder vernachlässigt hatte. Wir flogen jetzt durch den Farbenwirbel und Schweigen herrschte zwischen uns. Erstaunt hob ich meine Hände und versuchte die Farben zu berühren. Einzelne Wolkenfetzen blieben an meinen Fingern hängen und färbten sie bunt. Lachend hielt ich sie einen Augenblick fest. Das ließ den Mann neben mir lächeln. Ob er gerade wieder an Carmen dachte, fragte ich mich wütend. Meine eben noch gute Laune sank auf den Nullpunkt. Ich sah verärgert zu, wie der riesige Schlitten eine Kurve flog   und zur Landung ansetzte. Ich konnte jetzt nicht erwarten, auszusteigen. Hauptsache weg von dem Holzkopf, dachte ich. Endlich war der Schlitten auf einer vereisten Fläche gelandet. „Du hast Glück, Holzkopf. Carmen ist bald wieder Single. Sie lebt in Scheidung. Du kannst dich also wieder um sie bemühen. Viel Glück dabei. Und *vergiss ihre liebreizenden Kinder nicht." Fauchte ich Joe an und kletterte behände aus dem Schlitten. Ein Mann und eine Frau kamen mir entgegen. Das verhinderte einen weiteren Streit, dachte ich erleichtert.*

5 Kapitel

„Sei uns willkommen, Mary Gawin. Wir haben lange auf dich gewartet." Sagte der gutgelaunte Mann freundlich. Ich schluckte, denn ich kannte den Mann. „Sie sind der Weihnachtsmann, der mich damals besucht hat. Damals als ich so krank gewesen war." Sagte ich dann und versuchte zu lächeln. Denn ich war in meinen Gedanken immer noch bei dem Streit von eben. Jetzt kam auch Joe neugierig näher. „Ihr beiden kennt euch persönlich? Ist das nicht gegen die Regel?" fragte er verwundert. „Es war damals Marys einziger Wunsch, Josef. Und bei besonderen Kindern kann ich eine Ausnahme machen." Erklärte der Mann mit seiner dunklen Stimme. Die hatte ich nie vergessen können, dachte ich still. „Nun, immerhin sah es damals so aus, als würde ich das

Weihnachtsfest nicht überleben, oder?" sagte ich leicht ironisch zu Joe. Nein, Josef, sagte ich mir grinsend. Zum Glück sah der Mann es nicht. „Das ist meine geliebte Frau Babara, Mary. Wir sind schon lange verheiratet und wollen endlich mal wieder Urlaub machen." Wechselte der Weihnachtsmann jetzt das Thema. „Mich kannst du Nick nennen, das tut jeder. Ich freue mich, dass du dir deinen Glauben die ganzen Jahre bewahrt hast, Mary. Es gibt nicht mehr viele Menschen wie dich. Die meisten verlieren schnell den Glauben an Weihnachten. Das ist schade." Sagte Nick traurig.

„Und wieder redest du unseren Besuch zu, geliebter Ehemann. Lass Mary doch erst einmal ankommen und unsere drei Plagen kennenlernen. Vielleicht ergreift sie schnell wieder die Flucht. Du kennst unsere Monster." Sagte Babara und ergriff meine Hand. „Schlimmer als die drei meiner Schwester können sie auch nicht sein." Konnte ich noch einwerfen, dann zog mich die Frau auch schon weg. Hilflos sah ich kurz zu Joe, dann folgte ich der sanften, doch resoluten, Frau.

„Okay, Mary ist beschäftigt, großer Bruder. Jetzt kann ich dich verprügeln, ohne dass es jemand mitbekommt. Du hast gewusst, dass Mary sich an mich erinnert! Und du hast es mir verschwiegen! Warum kann sie sich an mich erinnern? Ich weiß genau, dass ich Mary damals mit dem Vergiss-mich Zauber behandelt habe. Warum hat es nicht funktioniert, Nick? Stell dir meine Überraschung vor, als Mary mich mit einer Beleidigung begrüßt hat. Du hast es gewusst und mich ins offene Messer laufen lassen. Im übertragenen Sinne natürlich." Fragte Josef seinen Bruder und raufte sich seine Haare. *„Den gesamten Flug über haben wir uns wieder gestritten, so wie früher. Egal was ich sagte, Mary hat es falsch aufgefasst."* Setzte er hinzu als sein Bruder lange schwieg.

„Liebe, Josef. Liebe hat verhindert, dass dein Vergiss-mich Zauber damals wirken konnte. Die kleine Mary, das kleine, vierzehnjährige Kind, hat dich damals wirklich geliebt. Du warst damals ihre einzige Konstante in ihrem Leben. Der Mensch, der sich Sorgen um sie gemacht hat. Ihre

Mutter hat ewig nur gearbeitet. Sie überließ die Erziehung von Mary ihrer ersten Tochter. Doch dazu hatte Carmen keine Lust. Oder war Carmen auch nur einmal losgelaufen, wenn Mary wieder verschwunden war? Oder hat sie sich zuhause den Fernseher angemacht und lieber ihre Seifenopern gesehen, statt ihre kleine Schwester zu suchen. Mary ist oft weggelaufen, weil sie wusste, dass du sie suchen würdest. Mary war glücklich, wenn du sie gefunden hattest. Denn dann fühlte sie sich wichtig und geliebt. Geliebt, weil du dir Sorgen um sie gemacht hast. Ein anderer tat es ja nicht, oder?" fragte Nick ernst und klopfte seinen Bruder auf dem Rücken. Er wusste, er hatte Josef eine Menge zum Nachdenken gegeben. „Auch, wenn ihr euch beide ständig gestritten habt, Mary hat dich abgöttisch geliebt, Bruder. Du warst der Einzige, der ihre Liebe zu Motoren verstanden hast. Erinnere dich an den Besuch des Oldtimermuseums. Carmen hat sich damals tierisch gelangweilt. Doch Mary war glücklich." Erinnerte Nick seinen Bruder. „Bis du mit Carmen in der Abstellkammer verschwunden bist. Mary wusste sofort, was ihr beiden dort getrieben habt." Setzte Nick grinsend hinzu.

„Und wütend darüber, lief sie wieder davon, ich verstehe. Und ich habe es damals nicht verstanden." Murmelte Josef erschüttert. Damals hatte er versucht, ein gutes Verhältnis zu der kleinen Schwester seiner „zukünftigen" Frau aufzubauen. Er hatte den Besuch ins Museum vorgeschlagen. Wieder sah er das glückliche Gesicht von der kleinen Mary vor sich. Das erste Mal, dass das Mädchen gelächelt hatte. Das erste Mal, dass Mary ihn nicht beleidigt hatte. Und er hatte es für einen Quicke versaut, dachte er finster. Nick lächelte wissend. „Mary hat dich damals geliebt, Großer. Und war tief enttäuscht von dir. Und dass sie sich immer noch an dich erinnert zeigt, dass sie noch immer viel für dich empfinden muss. Denke mal darüber nach. Du hast all die Jahre der dämlichen Carmen hinterher getrauert. Aber hast du in den Jahren einmal an Mary gedacht?" Nick seufzte und ging. Er hatte genug gesagt, dachte er schmunzelnd. Es wurde Zeit, dass sein Bruder erwachsen wurde und sich seine Gedanken machte. Lange genug hatte Nick das alles mitangesehen.

„Sie haben drei Kinder, Babara? Die Kinder des Weihnachtsmannes. Man, jetzt bin ich wirklich erstaunt. Ich meine, ich wusste ja, dass es den Weihnachtsmann gibt. Nick hat mich damals besucht. Ich lag im Sterben, Babara. Eine schlimme Zeit damals. Ihr Mann erschien mir in der Heiligen Nacht und tröstete mich. Er versprach mir, dass alles gut würde. Und das Wunder geschah. Es meldete sich jemand, der mir seine Niere schenken wollte. Der anonyme Spender passte und ich wurde gerettet." Erzählte ich der netten Frau. Etwas, was ich sonst nie tat. Ich sprach nie über meine Erkrankung.

„Ich weiß, Nick flog damals um die ganze Welt, um einen passenden Spender zu finden. So lernten wir uns kennen. Er gab sich mir zu erkennen und fragte mich. Ein halbes Jahr später war ich Mrs. Weihnachtsmann." Sagte Babara jetzt schief lächelnd. Ich blieb geschockt stehen. „Sie haben mir ihre Niere geschenkt? Ihnen verdanke   ich mein Leben?" fragte ich erschüttert. Babara lachte und es klang wundervoll. „Ja, gerne geschehen. Und deswegen solltest du mich endlich duzen, Mary. Du gehörst doch fast zur Familie." Sagte sie dann liebevoll.

Lauter Krach aus einer großen Halle vor uns, beendete unser Gespräch. „Oh nein. Nicht schon wieder." Flüsterte Babara und rannte jetzt fast. Langsam folgte ich der Frau. Eins wurde mir jetzt klar. Hier würde es nicht langweilig werden. Ich dachte wieder an Joe und sein plötzliches Auftauchen in meinem Leben. Damit hatte ich nicht gerechnet, auf keinen Fall. Der Mann war damals so schnell aus meinem Leben verschwunden, dass ich langsam wirklich geglaubt hatte, ihn mir eingebildet zu haben. Und jetzt war er wieder da, so plötzlich, das ich noch keine Zeit hatte, das zu verarbeiten, überlegte ich.

Ich folgte Babara in die große Halle und unterdrückte ein Grinsen. Denn ein großer Esstisch war vollkommen verwüstet worden. Die wahrscheinlich leckeren Speisen, lagen verstreut auf dem Boden oder klebten an der Wand gegenüber. Babara hielt ein kleines Mädchen in den Armen. Das Kind weinte herzzerreißend. „Was ist denn hier passiert? Das sieht ja interessant aus." Sagte ich trocken. Vorsichtig stieg ich über eine Schüssel Kartoffelbrei und ging zu Babara. „Hallo, ich bin Mary. Und wie heißt du?" fragte ich das kleine Mädchen freundlich. Das Kind zog finster die Augen zusammen. „Ich bin Lucy. Und mein Papa ist der Weihnachtsmann. Du bist die Frau, die auf uns aufpassen soll. Wir brauchen dich nicht. Wir haben unseren Onkel Josef." Sagte das Kind unfreundlich. „Ja, und wo das hinführt, haben wir das letzte Mal gesehen, Lucy. Oder warum brannte fast die gesamte Werkstatt ab?" fragte Babara verärgert. Schmunzelnd sah ich mich um. „Wer ist denn für das Chaos hier verantwortlich? Schade, ich hatte echt Hunger." Sagte ich und lächelte das wütende Mädchen freundlich an. Das brachte mehr als mich provozieren zu lassen, das hatte ich gelernt.

„Das war ein dreckiger Troll. Ich habe ihn überrascht, als er sich Essen stibitzen wollte. Ein großer Troll, Mama. Er muss hier eingedrungen *sein als Onkel Josef mit dem Schlitten losgeflogen ist. Onkel Josef hat wieder vergessen, das große Tor zu schließen." Sagte Lucy jetzt hastig. Ich hörte Babara laut seufzen. „Wieder war es ein Troll, Lucy? Hast du nicht einmal eine bessere Ausrede? Immer war es ein Troll. Jedes Mal haben diese Kerle die Schuld bei dir." Sagte die Frau schief lächelnd. Sie stellte das Mädchen auf den Boden und begann die Teller und Schüsseln aufzuheben. Schmunzelnd half ich ihr. „Meine Tochter hat leider eine blühende Fantasie, Mary. Und die Trolle sind da immer die Bösen. Immer gut für eine Ausrede wert. Ich schätze, meine Tochter hatte Hunger und wollte nicht warten." Erklärte Babara mir leise. Ich sah, wie Lucy erneut weinen wollte. Versöhnlich beugte ich mich zu dem kleinen Mädchen und strich ihm die wirren Locken aus dem Gesicht. „Nicht weinen, Lucy. Ich glaube dir. Und wenn du Lust hast, machen wir zwei uns nach dem Essen auf die Suche nach dem Troll. Ich mag diese ungewaschenen Kerle auch nicht." Sagte ich versprechend. Verwundert starrte mich das kleine Mädchen an. „Du glaubst mir?" fragte es ungläubig. Ich nickte und hob zwei*

Finger zum Schwur. „Ich weiß sehr gut, wie es ist, wenn dir niemand glaubt. Mir hat auch nie einer geglaubt." Sagte ich leise. Wieder dachte ich an Joe, Josef. Niemand hatte mir all die Jahre geglaubt, dachte ich schmunzelt. Und doch gab es den Mann. Heute durfte ich den Mann wiedersehen. Lucy schniefte und zog geräuschvoll die Nase hoch. „Ich würde gerne mit dir den Troll suchen, Mary. Der Kerl hat mich ausgelacht. Das soll er mir büßen." Sagte Lucy finster. Ihre kleine Hand schob sich in meine.

„Du willst mit meiner Nichte auf Troll Jagd gehen? Interessant, Mary. Nun furchtlos warst du ja schon immer. Aber lass dir gesagt sein. Mit einem Troll ist nicht zu scherzen. Die Viecher können gefährlich werden. Ohne Zauberkräfte bis du denen nicht gewachsen. Besser, ich begleite euch, meine Damen. Dann kann ich Mary auch gleich unseren Palast zeigen. Man kann sich hier schnell verlaufen. Wir gehen nach dem Essen los. Vielleicht schließen sich Jonas und Luther an. Meine Neffen lieben die Jagd." Sagte Josef breit grinsend. Ich ging auf seinen neckenden Ton ein.

Denn ich wollte das Vertrauen von Lucy gewinnen. Ich beugte mich zu dem Mädchen und zwinkerte mit den Augen. „Dein Onkel glaubt, dass wir es nicht allein schaffen. Das wir männliche Verstärkung und Schutz brauchen. Was meinst du, kleine Lady. Wollen wir die Jungs dabeihaben?" Fragte ich so ernst wie möglich. Lucy legte nachdenklich ihren Lockenkopf schief und schwieg einen Moment. Dann lächelte sie wundervoll. Mein Herz lief über, so schön sah es aus. „Meinetwegen können die Jungs mitkommen. Aber der Troll gehört mir, das ist klar. Der Troll hat den Tisch zerstört und ich bekam die Schuld. Das lass ich mir nicht gefallen." Sagte Lucy dann mit eisernem Willen. Verwundert fuhren meine Augenbrauen in die Höhe.

6 Kapitel

„Lass dich von dem niedlichen Aussehen meiner Nichte nicht hinters Licht führen, Mary. Lucy hat es faustdick hinter den Ohren. Sie wurde, wie ihre Brüder, hier am Nordpol geboren. Alle drei haben Zauberkräfte, aber Lucys sind am stärksten. Das

weiß meine Nicht gut." Erklärte mir Josef leise.
Die drei Kinder gingen vor uns. Wir beide folgten,
bewaffnet mit Taschenlampen und einem Netz.
„Sie hat die Ausrede mit dem Troll schon oft
benutzt. So   oft, dass ihr niemand mehr glaubt.
Erst neulich haben die drei im Streit den großen
Weihnachtsbaum auf dem Marktplatz zu Fall
gebracht. Wenn die drei sich streiten, fliegen die
Fetzen und das im wahrsten Sinne. Unsere Elfen
machen immer einen großen Bogen um die
Kinder, wenn die drei zusammen sind." Sagte Josef
weiter. Er schloss zu Lucy auf und nahm das kleine
Mädchen liebevoll auf den Arm, So als wolle er
sich für seine harten Worte eben entschuldigen.
Josef liebte seine Neffen und seine Nichte, das
merkte ich wieder. Und die Kinder liebten ihren
Onkel, dachte ich still. Wieder musste ich an
Carmen denken. Hätte sie damals den Glauben
gehabt, könnten es ihre Kinder sein, die jetzt auf
Troll Jagd waren, überlegte ich. Meine eben noch
gute Laune sank rapide. Plötzlich stoppte ich.
„Hast du das gehört?" Fragte ich erschrocken.
Ich hatte eindeutig ein lautes Knurren gehört.
„Bleibt stehen, Kinder!" befahl ich streng und hob

meine Taschenlampe hoch. „Was meinst du Mary? Ich habe nichts gehört. Oder ihr, Kinder?" fragte Josef jetzt erstaunt. Doch ich schüttelte meinen Kopf. Jetzt, da war es wieder, das laute Knurren. Warum konnte ich es hören und die anderen nicht? Ich hob meine Hand und wies auf eine versteckte, dunkle Ecke. „Von dort kommt ein wütendes Knurren. Ich kann es klar hören. Da sitzt irgendetwas in der Ecke. Vorsichtig hob ich meine Taschenlampe und leuchte dorthin. Zwei wütende, grellgrüne Augen funkelten mich an. Dann waren zwei spitze Ohren zu sehen. Behaarte, schmutzige Ohren. „Da sitzt er doch, Joe. Ca. eins zwanzig groß und unglaublich dreckig. Mit einer großen Mütze, an der eine Kugel hängt." Beschrieb ich die Kreatur, die mich erneut anfauchte.

„Verdammt, diesmal hast du nicht geflunkert, Lucy. Wir haben wirklich einen ungebetenen Gast." Sagte Josef plötzlich sehr ernst. Vorsichtig zog er mich zurück und hinter sich. „Bleib außer Reichweite seiner Spucke. Er kann gemein Spucken, dass brennt heftig, wenn er deine Haut *trifft. Ich spreche aus Erfahrung." Sagte Josef dann leise. Die Kinder schienen die Kreatur auch zu sehen. Denn alle drei machten einen großen Bogen um die Ecke. Jetzt falteten sie das Netz auseinander. Ich staunte, wie die drei Streithähne jetzt gut zusammenarbeiten konnten. Noch beim Mittagessen hatten sich alle drei heftig gestritten. „Sieh dich vor der schweren Kugel an der Mütze vor, Mary. Die tut sehr weh, wenn er dich damit trifft. Und achte auf Onkel Josef. Er kann den Troll nicht sehen." Warnte mich jetzt Jonas, der Älteste der Kinder. „Du kannst den Kerl nicht sehen? Er sitzt doch direkt vor dir, Joe." Sagte ich verwundert. „Dafür kann ich ihn riechen und das reicht mir vollauf." Sagte Josef und ging zwei Schritte zurück. „Lass es die drei machen. Mary. Das ist nicht der erste Troll, den die drei fangen." Sagte er schief grinsend. Unsicher nickte ich nur. Der kleine Kerl sah mehr als gefährlich aus. Jetzt hob er seinen Kopf und drehte seine Mütze, die schwere Kugel bewegte sich schnell im Kreis. „Vorsicht, Lucy!" rief ich und riss den Mädchen zur Seite. Luther war nicht schnell genug. Der Junge wurde gestreift und landete unsanft auf dem Hosenboden. „Klar, die Prinzessin wird gerettet, der Ritter kann krepieren." Schimpfte Luther wütend. Doch dann lachte er bereits wieder. Ich war erleichtert. Jetzt versuchte der Troll auszubrechen. Er zog seine breiten Schultern ein und rannte unter Jonas hindurch. Jetzt spuckte er, ich konnte Josef gerade noch beiseitestoßen. „Das reicht, Troll! Genug Unsinn angestellt! Du versaust mir nicht meinen Traum!" schnauzte ich laut. Das unvorstellbare geschah, der Troll erstarrte und kippte wie eingefroren nach hinten. Unbeweglich blieb die Kreatur auf dem glatten Boden liegen. Wir vier schwiegen verblüfft. Die Kinder standen mit offenem Mund vor mir. „Was ist jetzt passiert?" wollte Josef genervt wissen. Die Stille machte den Mann nervös. „Keine Ahnung, aber Mary hat den Troll mit ihrem Geschrei gekillt, Onkel Josef. Das Vieh liegt tot und steif vor uns." Erklärte Jonas kichernd. „Sie hat was?!" fragte Josef ungläubig nach. „Der Troll hat wohl einen Herzinfarkt bekommen, so wie Mary ihn angeschrien hat." Sagte jetzt Lucy. Sie hob eine der Krallen des Trolls an und ließ sie wieder fallen.*

„Mausetot würde ich meinen." Sagte sie leise kichernd. Die Jungen warfen jetzt das Netz über den erstarrten Troll und schleiften ihn etwas Abseits. „Ist er wirklich tot?" fragte ich unsicher. Dann drehte ich mich wieder zu Josef herum. Der Mann stand immer noch schweigend hinter mir. „Warum kannst du den Troll eigentlich nicht sehen. Groß genug ist das Teil doch gewesen." Fragte ich verwundert.

„Weil eigentlich nur Kinder diese Wesen sehen können. So ähnlich wie es mit den Feen, Gnomen und Trollen ist. Die werden doch auch nur von Kindern gesehen. Oder kennst du Erwachsene, die solche Wesen sehen können? Kommt ein Kind in die Pubertät, verliert es diese Fähigkeit." Erklärte Josef ernst. Er war plötzlich sehr ernst geworden, fiel mir auf. War er eben gerade noch fröhlich, lustig gewesen, so hatte er jetzt eine breite Sorgenfalte im Gesicht. Lächelnd hob ich meine Hand und strich ihm die Falte von der Stirn. Wieder hatte ich ein leises Klingeln in meinen Ohren. Auch Joe schien es zu hören, denn er schreckte zurück. Wieder zog er seine Augen zusammen und sah auf mich herab. Das ließ mich erneut lächeln. „Was macht dir Sorgen, Joe? Wo ist deine gute Laune hin?" Fragte ich neugierig. „Du machst mir Sorgen, Mary. Warum kannst du diese Wesen sehen? Du bist doch bereits erwachsen. Und warum kann deine Stimme sie stoppen? Das macht mich nachdenklich, Mary Gawin. Und ich hasse es, so schwere Gedanken mit mir rumzutragen." Scherzte er jetzt wieder. Dann ließ er mich stehen und half seinen Neffen, den leblosen Troll wegzubringen. Ich blieb mit Lucy zurück.

„Und was machen wir jetzt?" fragte ich das kleine Mädchen. Lucy sah mich frech grinsend an. „Ich kann dir das Spielzeuglager zeigen, Mary. Wir müssen nur vorsichtig sein. Die Elfen mögen es nicht so gerne, wenn wir sie stören. Wir müssten uns ins Lager schleichen. Das wird spaßig, versprochen." Sagte Lucy schelmisch zwinkernd. Zögernd überlegte ich, dann nickte ich zustimmend. Denn immer noch war ich der Meinung, dass ich das alles hier nur träumte.

„Soll ich wieder kneifen, damit du weißt, dass du nicht träumst?" fragte mich jetzt Josef wieder lachend. Anscheinend hatte der Mann seinen Schock von eben überwunden. Woher wusste er, woran ich gerade gedacht hatte, überlegte ich und griff Lucys Hand. „Du hattest deinen bestimmten Blick, Mary. So hast du früher schon immer geschaut, wenn du etwas angezweifelt hast. Du, siehst, auch ich habe dich nie vergessen." Flüsterte Josef mir ins Ohr. Ich schluckte und trat einen Schritt zurück. „Nein, das glaube ich gerne, so wie du immer an Carmens Lippen gehangen hast. Das du mich überhaupt wahrgenommen hast, grenzt an ein Wunder." Fauchte ich leicht verärgert. Josef grinste wieder breit, so wie ich den Mann kannte. „Na, oft genug musste ich dich ja suchen gehen. Zum Glück hatte ich ja da meine Methoden, dich zu finden." Sagte Josef dann lachend. Er zwinkerte und hielt einen Schokoladen- Weihnachtsann in den Händen. Er hatte also nicht vergessen, dass ich Schokolade liebte. Liebevoll überreichte er mir den Weihnachtsmann und lächelte, als ich rot wurde. Lucy hob neugierig den Kopf. Sie verstand nicht, was bei uns Großen vor sich ging. Nachdenklich steckte das Mädchen den Finger in den Mund. Zeit, mich weiter um die Kinder zu kümmern, überlegte ich. Die waren mein Auftrag, nicht der Onkel der Kinder. Auch, wenn der mein Herz wieder höherschlagen ließ. „Und jedes Mal, wenn du mich wieder eingefangen hast, und Heim brachtest, wurdest du dafür von Carmen belohnt, ich erinnere mich gut." Sagte ich bitter und gab Josef den Schokoladen-Weihnachtsmann zurück. „Komm Lucy. Du wolltest mir doch das Spielzeuglager zeigen. Und ich bin schon gespannt, einige Elfen kennenzulernen." Sagte ich dann zum kleinen Mädchen. Ich ging und ließ einen sprachlosen Josef zurück.

Josef sah der jungen Frau überrascht hinterher. Mary hatte von ihrem Temperament nichts verloren, dachte er schmunzelnd. Schon damals waren ihre Worte manchmal verletzend. Aber immer ehrlich, dachte er schwer schluckend. Er war damals wirklich sehr verliebt in Carmen gewesen, dass wusste er ja bereits. Verblendet, *überlegte er jetzt zum ersten Mal realistisch. Jetzt endlich konnte er sich das eingestehen. Da musste er erst mit seiner Vergangenheit konfrontiert werden, um das zu erkennen. Jetzt fragte er sich ernsthaft, warum er noch so oft zu Carmen geflogen war, wenn er doch gewusst hatte, dass die Frau eine Ungläubige war. Carmen würde nie an ihn oder seine verwunschene Welt glauben. Das war ihm seit damals schon bewusst. Josef seufzte, als sein Bruder jetzt erschien. „Ihr habt also den Troll gefunden, tolle Leistung. Die Jungs haben es mir berichtet." Sagte Nick lachend. Sein Bruder sah sehr nachdenklich aus, das war gut, dachte Nick.*

„Ja, haben wir. Und Mary kann diese Kreaturen nicht nur sehen. Sie kann sie auch stoppen! Mary hat den Troll mit ihren Worten getötet. Sie schrie ihn an und er kippte um, sagten die Kinder. Wie kann das angehen, Nick. Mary ist ein normaler Mensch. Das dachte ich eigentlich bis heute." Sagte Josef und raufte sich die Haare als sein Bruder etwas schwieg. Das zeigte ihn, dass es ein ernstes Gespräch wurde. „Das ist meine Schuld,

Josef. Erinnerst du dich, wie ich Mary ihren Wunsch erfüllte und sie besuchte? Ich kam in das kleine Wohnzimmer und fand Mary. Damals war sie sieben Jahre alt. Sie war schwerkrank. Ihre letzten Tage waren gekommen. Ich besuchte Mary und spürte den magischen Kern in ihrer Seele. Du weißt, wovon ich spreche. Es gibt nur noch sehr wenige Menschen, die mit dem magischen Tropfen geboren werden. Die wahrhaft Gläubigen Menschen. Früher als Hexen und Zauberern verfolgt." Nick seufzte leise und sah seinen Bruder ernst an. „Ich konnte das Kind nicht sterben lassen, das konnte ich einfach nicht. Also gab ich ihr etwas Zaubersaft und versprach ihr, dass ich sie retten würde. Mary brauchte den Saft, um durchzuhalten. Ich suchte und fand einen Spender. Das war Babara. Meine Frau spendete Mary eine Niere und ich verliebte mich in die Frau. Den Rest kennst du. Ich denke, der Zaubersaft hat Marys schlummernden Kräfte aktiviert. Das würde vieles erklären." Erklärte Nick jetzt schwer. Er sah auf seine Uhr. „Babara wartet. Wir wollen gleich in unseren Urlaub starten. Ich wollte eigentlich die Kinder suchen, um uns zu *verabschieden.“ Nick klopfte seinen schweigsamen Bruder versöhnlich auf den Rücken.*

7 Kapitel

Eine Woche später

Nick und Babara waren auf Reisen. Lucy hatte etwas geweint als ihre Eltern losgeflogen waren. Sie hatte so gerne mitgewollt. Ich hatte eine Menge zu tun, das Mädchen zu trösten. Jetzt endlich schlief Lucy und ich machte mich auf dem Weg, Josef zu finden. Der Mann wollte seine Neffen ins Bett bringen und mich danach im Kaminzimmer treffen. Und diesen Raum suchte ich jetzt. Ich hatte immer noch das Gefühl zu träumen, als ich durch das riesige Haus hier lief. So als läge ich im Koma, dachte ich schmunzelnd. Und so würde es meine ach so realistische Schwester wohl auch beschreiben, dachte ich schmunzelnd. Carmen hatte noch nie an Weihnachten oder Wunder geglaubt, erinnerte ich mich und seufzte. Wie kam ein Mann, der Bruder des Weihnachtsmannes darauf, sich in solch eine Frau zu verlieben, überlegte ich. Mir dagegen war es schon damals leichtgefallen, dachte ich und wurde rot. Ich wusste bereits damals, dass etwas Magisches von Joe ausging. Seit damals liebte ich den Kerl, dachte ich wieder und seufzte verzweifelt. Und er liebte immer noch meine dämliche Schwester. Carmen, die ihn bereits kurz nach seinem Verschwinden vergessen hatte.

Endlich hatte ich das Kaminzimmer gefunden. Nick lag auf einem breiten, bequemen Sofa und schien zu schlafen. Lächelnd sah ich ihm dabei zu. Auf dem Tisch stand eine Kanne heißen Kakaos. Zufrieden schenkte ich mir einen Becher voll und setzte mich in einen der Sessel vor dem prasselnden Feuer. Josef schnarchte leise und brachte mich damit zum Lächeln. Heute Mittag hatte er die Elfen in der Werkstatt abgelenkt. Damit Lucy mir das Spielzeuglager zeigen konnte. Das hatte mächtig Ärger gegeben, als wir trotz allem erwischt wurden. Man, konnte der oberste

Elf schimpfen, dachte ich schmunzelnd. Der Elf hatte Josef und mich kindisch und unreif genannt, schlimmer als die Kinder. Jetzt musste ich kichern. Denn damit hatte der gute Elf nicht einmal unrecht. Es war ein wunderschöner Nachmittag geworden. Wenn die restlichen Tage ebenso würden, konnte ich zufrieden sein, dachte ich. Josef grummelte jetzt im Schlaf, das lenkte meine Aufmerksamkeit wieder auf dem Mann vor mir. Ich überlegte, wie lange ich Josef eigentlich schon liebte. Eigentlich seit dem Tag, da Carmen ihn mit nachhause gebracht hatte, um ihm unserer Mutter vorzustellen, überlegte ich. Ich sah Josef und es war um mich geschehen. Vorsichtig stellte ich meinen Kakaobecher auf den Tisch und beugte mich zu dem schlafenden Mann. Es wurde Zeit, dass ich auch mal einen Kuss von ihm bekam, dachte ich mit klopfenden Herzen. Josef schlief ja und würde den gestohlenen Kuss nicht bemerken, überlegte ich nervös. Vielleicht träumte er gerade von meiner Schwester und glaubte, Carmen würde ihn küssen. Aber das hier, das war mein Traum, dachte ich entschlossen, Josef sollte von mir träumen. Sanft legte ich meine Lippen auf seinen ausgeprägten Mund. Das fühlte sich gut an, dachte ich glücklich. Plötzlich schnellte Josefs Hand vor und hielt meinen Kopf gefangen. Er öffnete seinen Mund und erwiderte den Kuss leidenschaftlich. Ich schrie und strampelte, doch Josef hielt mich gefangen. „Der Kuss war doch schon lange überfällig, Mary. Ich denke, seit wir uns wiedergesehen haben. Seitdem überlege ich, ob deine Lippen wirklich so weich sind, wie sie aussehen." Flüsterte Josef heiser. Er wollte mich erneut küssen, doch ich schaffte es, mich zu befreien. „Das vergiss mal ganz schnell, Joe. Ich bin nicht dein Ersatz für Carmen! Wenn ich dich küssen wollte, dann nur, weil, weil ich es so witzig fand, wie du dort geschnarcht hast, Joe, oder Josef!" sagte ich wütend. Das war eine glatte Lüge, aber es rettete mir meinen Stolz, dachte ich verlegen. Denn Josef grinste breit, zufrieden, wie es schien. „Weißt du, dass ich keinerlei Probleme damit habe, dass du Carmens Schwester bist? Du erwähnst sie laufend. Ich nicht einmal, wenn du dich erinnerst." Sagte er dann lächelnd. „Du solltest die Vergangenheit endlich ruhen lassen, Mary. Ich werde es auch tun." Sagte er dann mahnend. Ich setzte mich wieder in den großen Sessel und zog meine Beine an. Dann schwieg ich einen Moment. Hatte Joe recht? Schob ich meine große Schwester immer wieder zwischen Joe und mich?

Josef erhob sich und schenkte sich Tee ein, dann griff er nach meiner Hand. „Eiskalt, deine Hand ist eiskalt. So wie früher, wenn du wütend auf mich warst. Ich erinnere mich sehr gut. Ich habe deine Hände damals immer warm gerieben. Das hat dir damals immer gut gefallen." Sagte er leise und rieb meine Hand sanft. Sein Daumen strich dabei immer wieder über meine Finger. Schweigend ließ ich es zu und wünschte, dieser Moment würde nie enden. „Weißt du, damals wurde ich von meinem großen Bruder gesandt, um ein Auge auf dich zu haben. Du besitzt besondere Kräfte und Nick hatte Angst, dass du abrutscht und diese Kräfte missbrauchst. Ich meine, du hast sie oft unbewusst eingesetzt, um irgendwelche Motoren wieder zum Laufen zu bringen. Ich habe es gemerkt, Mary." Erklärte Josef jetzt liebevoll und lachte, als ich schuldbewusst rot wurde. Er hatte ja recht, dachte ich verlegen. Josef zog mich zu sich aufs Sofa und breitete die Decke über meine Beine aus. Dann legte er seinen Arm um mich. Zufrieden genoss ich seine Nähe. So hatte ich es mir damals immer gewünscht, dachte ich flüchtig. Josef drückte meinen Kopf auf seine Schulter und seufzte leise. „Ich flog also zu eurem Haus und traf dort auf deine Schwester. Ihr beiden hattet euch gerade wieder gestritten und du liefst weinend aus dem Haus, an mir vorbei. Gerade, als deine Schwester mir die Hand reichte. Es klingelte heftig in meinen Ohren und ich dachte, es läge an Carmen." Berichtete Josef leise weiter. Ich zuckte zusammen, denn ich kannte dieses Klingeln gut. Auch ich hatte es oft gehört. Wissend drückte mich Josef an seine Schulter. Er spürte, was in mir brodelte. „Dieses Klingen ertönt, wenn ein Weihnachtsmann seine Gefährtin gefunden hat, musst du wissen. Und ich hörte es öfter in Carmens Gegenwart. Jetzt wurde mir klar, dass es immer ertönte, wenn du auch anwesend warst. Ich habe mich damals in die falsche Gawin verliebt. Du warst die Frau, die für mich bestimmt war." Sagte Josef jetzt nachdenklich. Liebevoll küsste er mich auf die Haare. Das ließ mich kichern. Mein Komatraum gestaltete sich ja ganz prima, dachte ich schmunzelnd. „Ich habe schon einmal so in deinen Armen gelegen, erinnerst du dich, Joe? Damals war ich krank." Sagte ich schläfrig. Der aufregende Tag forderte sein Tribut, dachte ich erschöpft. „Ich erinnere mich gut, Mary. Du warst damals schwerkrank. Nick und Babara befürchteten das schlimmste. Die geschenkte Niere arbeitete damals nicht richtig. Jede Nacht habe ich mich in dein Krankenzimmer gezaubert und habe dich tröstend in den Armen gehalten. Das war ein Jahr, nachdem ich verschwunden war." Erklärte Josef jetzt ernst. „Dann habe ich das alles nicht geträumt. Meine Mutter hielt es für Fieberträume." Sagte ich jetzt erkennend, dass Joe mich damals wirklich besucht hatte. „Deine Mutter und Carmen hatten befürchtet, dass du deinen Verstand verlierst, und wollten einen Arzt einschalten, deswegen besuchte ich dich nicht mehr. Ich wusste ja nicht, dass du dich auch weiterhin an mich erinnerst." Sagte Joe jetzt grinsend. „Ich habe dich nie vergessen, Joe. Auch, wenn meine Mutter immer sagte, dass ich zu alt für einen imaginären Freund wäre." Sagte ich gähnend. Mir fielen die Augen zu und ich schlief zufrieden ein.

Liebevoll hob Josef Mary auf und trug die junge Frau durch das große Haus. Wieder kamen ihm tausend Erinnerungen. Wie hatte er sich damals nur so irren können, überlegte er schwer schluckend. Verblendet, wie er damals gewesen war, hatte er sich für die falsche Gawin entschieden. An die Erwachsene Schwester. Statt geduldig darauf zu warten, dass seine Partnerin erwachsen wurde, verletzte er sie mit seinen unreifen, verliebten, verblendeten Verhalten. Carmen hatte ihn damals nicht geliebt, das wurde Josef jetzt klar. Sie war nur stolz und geschmeichelt gewesen, das Josef sich um sie bemühte. Denn kaum wirkte der Vergiss-mich Zauber, da hatte sie bereits einen neuen Freund. Anders als Mary. Das Mädchen hatte ihn nie vergessen. Nick hatte recht, das war wahre Liebe, überlegte Josef schmunzelnd. Mary Gawin liebte ihn, Josef, Bruder des berühmten Mannes im roten Mantel. Josef grinste zufrieden und küsste Mary auf die Stirn.

„Ich liebe meinen Komatraum, eindeutig mein bester Traum." Flüsterte Mary jetzt kichernd. Sie schlief tief und fest. Lächelnd legte Josef Mary in Bett und zog die warme Decke über sie. „Und das Beste ist, dass du nicht träumst, Kleine. Das alles wahr ist, was du erlebst." Flüsterte liebevoll. Mary schlief ja fest und konnte ihn nicht hören. Er erhob sich und löschte das Licht. Morgen würden sie sich weiter Kappeln und streiten, dachte er glücklich. Gähnend reckte er sich und suchte sein Zimmer auf. Doch dann überlegte er es sich und sah noch einmal nach den Kindern.

Lucy und Luther lagen friedlich in ihren Betten und schliefen. Doch Jonas Zimmer war leer. Keine Spur des zehnjährigen Jungen. Grimmig schnaubend suchte Josef seinen Mantel. Er wusste genau, wo er den Jungen finden würde. Es war nicht das erste Mal, dass das Kind seinen Lieblingsort aufsuchte. Da waren die beiden, Josef und Jonas, derselben Meinung. Es gab hier am Nordpol nur einen Ort, wo man in Ruhe nachdenken konnte.

Jonas griff sich eine Laterne und machte sich auf dem Weg zum Stall. Er wusste, dort würde er den Jungen finden.

Und richtig. Jonas stand am Gatter und sah den Rentieren zu. Die Tiere waren heute besonders unruhig, das merkte auch Josef sofort. Kein Wunder also, dass er seinen Neffen hier bei den Tieren fand. Jonas hatte eine besondere Beziehung zu den Tieren. Das war schon seit seiner Geburt so gewesen. Wann immer er konnte, war Jonas bei den Tieren zu finden.

Josef ging leise zu seinem Neffen und legte seinen Arm um die schmächtigen Schultern des Kindes. „Du hättest mir Bescheid sagen sollen, Jonas. Ich wäre mitgekommen. Stell dir vor, Mary hätte dein Zimmer leer vorgefunden. Sie hätte sich Sorgen gemacht." Sagte Josef streng. Jonas grinste jetzt schief   und strich einem der Rentiere über das warme Fell. „Ich wollte euch Bescheid sagen, Onkel Josef. Doch ihr beiden, du   und Mary wart beschäftigt. Ihr habt geknutscht. Da wollte ich nicht stören." Sagte der Junge jetzt schelmisch.

Mit Genugtuung sah er zu, wie sein Onkel die Farbe wechselte. „Das ist nichts, was du deinen Eltern erzählen solltest, Bengel." Sagte Josef jetzt bittend. Das ließ seinen Neffen lachen. „Nee, ist schon klar. Aber ich wollte noch einmal nach Rena schauen. Blitzens Gefährtin ist kurz vor der Niederkunft und sehr nervös. Sie hat mich gerufen, um sie zu beruhigen." Erklärte Jonas jetzt. Wieder streichelte er eines der Rentiere. Josef nickte verstehend. Doch dann hob er seinen Arm und sah auf seine Uhr. „Es wird spät, Neffe. Morgen wird wieder anstrengend werden, fürchte ich. Lass uns ins Bett gehen." Sagte er dann halbstreng. Denn er wusste, wie sehr sein Neffe an den Rentieren hing. „Ja, du hast recht, Onkel Josef. Aber eine Frage. Besitzt Mary Zauberkräfte?" fragte Jonas neugierig.

8 Kapitel

Kaffeeduft weckte mich am nächsten Morgen. Verwundert schnupperte ich und zuckte zusammen als ich Joe an meinem Bett sitzen sah. „Dann geht mein Traum also weiter? Ich liege immer noch im Koma?" fragte ich und griff freudig nach dem heißen Kaffee. Joe grinste unvergleichlich frech und küsste mich schnell auf die Wange. „Du träumst nicht, Süße. Du bist im Reich des Weihnachtsmannes. Wie oft soll ich das noch sagen?" fragte er dann liebevoll. Seine Augen zwinkerten fröhlich. Verlegen beugte ich mich über den Kaffeebecher. Dann trank ich geräuschvoll. „Okay, ich bin also im Winter Wonderland und betreue die Kinder des Weihnachtsmannes. Und ärgere mich mit dessen Bruder herum." sagte ich dann und warf die Bettdecke von mir. Überrascht sah ich erst jetzt, dass ich angezogen geschlafen hatte. „Ich habe dich gestern Abend ins Bett gebracht, Mary. Aber ich wollte dich nicht ausziehen. Du bist keine vierzehn mehr." Erklärte Joe jetzt lächelnd. „Und es ist kein See in der Nähe." Ich erinnerte mich. Damals war ich einmal ins Eis eingebrochen. Ich war ganz allein auf dem See gewesen und dachte, mein letztes Stündlein hätte geschlagen. Ich ging im eiskalten Wasser unter. Dann wachte ich plötzlich in meinem warmen Bett auf. „Du hast mich damals gerettet? Meine Mutter glaubte mir kein Wort, als ich ihr von dem See erzählte. Aber Mutter und Carmen halten mich eh für leicht verrückt." Sagte ich bitter. „Eine verdrängte Nahtoderfahrung, so nennt Carmen es immer. Ich habe mir eine eigene, nichtexistierende, Welt erschaffen. Mit Wundern und Märchenfiguren. Immer, wenn ich Aufmerksamkeit haben will, erfinde ich ein neues Abenteuer." Erzählte ich und unterdrückte meine Tränen. Joe knurrte leise. „Das sind die Ungläubigen, Mary. Sie werden nie diese verzauberte Welt sehen können. Und nun komm. Die Kinder warten. Jonas will dir die Rentiere vorstellen. Ziehe dich um und komm zum Frühstück." Sagte er dann wieder lächelnd. Er erhob sich und reckte sein Kreuz durch. Wider Willen wurde ich rot, denn mein Herz schlug einige Takte schneller. Zum Glück sah es Josef nicht. Er verließ mein Zimmer und lehnte die Tür an. Sofort ging sie wieder auf und Lucy stürmte in den Raum. In einem zauberhaften Elfenkostüm kam sie zu mir ans Bett. Liebevoll hob ich das kleine Mädchen zu mir. „Onkel Josef sagt, dass du dich beeilen sollst, Mary. Er hat großen Hunger. Und danach werden wir eine Schlittenfahrt machen. Die Rentiere müssen bewegt werden." Sagte Lucy hastig. In der Angst, etwas zu vergessen. Lächelnd verschwand ich schnell ins Bad und kam fünf Minuten später fertig umgezogen wieder. „Das war ja schnell. Hast du dir auch deine Zähne geputzt?" fragte Lucy streng und ließ mich lachen.

„Was machst du eigentlich hier am Nordpol? Ich meine, dein Bruder ist der Mann im roten Mantel. Du bist sein Bruder, welche Aufgaben hast du hier?" fragte ich neugierig. Wir saßen in einem sehr alten, urig aussehenden Schlitten und fuhren durch eine weiße, wunderschöne, Winterlandschaft. Josef lenkte den Schlitten, der von sechs prächtigen Rentieren gezogen wurde. Zufrieden kuschelte ich mich in den warmen Mantel, den Josef mir von Babara ausgeliehen hatte. Neben mir saß Lucy, hinter mir saß Luther.

Jonas war zuhause bei den restlichen Rentieren geblieben. Sein Lieblingsrentier war kurz vor der Niederkunft und er wollte das Tier nicht allein lassen. Das verstand ich und erlaubte, dass der Junge zuhause bleiben durfte. Gegen Josefs Willen, der schlimmes befürchtete. Wieder hatten wir uns gestritten. Jetzt fuhren wir im Schlitten und hatten bis eben geschwiegen. Jeder wütend auf den anderen. Jetzt räusperte sich Josef leise und versuchte ein Lächeln. Das missglückte allerdings etwas. Er war immer noch wütend auf mich, dachte ich schmunzelnd. Immerhin hatte ich unseren Streit gewonnen. Jonas durfte sich um seine Freundin Rena kümmern. Warum sollte er seine Zeit mit dem Ausflug verschwenden, dachte ich. Das Rentier brauchte ihn wesentlich mehr.

Ich hatte einen wunden Punkt getroffen, das spürte ich. „Ich habe hier keine richtige Aufgabe, Mary. Ich kümmere mich um die Werkstatt und um die Elfen, Mary Gawin. Mein Bruder ist der große Zampano hier. Er und Babara kümmern sich um die Kinder und deren Wünsche. Ich kümmere mich nur darum, dass die Geschenke fertig sind, wenn Nick auf Tour geht." Erzählte Josef jetzt geduldig. Er griff hinter sich und zog Luther wieder in den Schlitten. Der Junge war aufgestanden, um die Eiszapfen von den runterhängenden Ästen zu pflücken. „Ich bin für die große Spielzeugmaschine zuständig. Oft versagt sie. Besonders, wenn es um neuartiges Spielzeug geht. Dann muss ich sie reparieren. Das ist sehr knifflig." Erklärte er dann weiter. „Das würde ich gerne einmal sehen. Ich meine den Motor." Sagte ich und wurde wieder rot. Josef grinste wissend. „Das habe ich mir gedacht, Mary Gawin. Ich habe deine Leidenschaft nicht vergessen. Wir werden uns Morgen die Spielzeugmaschine ansehen." Liebevoll drückte er meine Hand und griff wieder hinter sich, um den gelangweilten Luther zurück in den Schlitten zu ziehen. Wütend verschränkte der Junge seine Arme.

Josef hob seinen Kopf und schien etwas zu hören. „Verdammt, wie kommen die hier rein." Schimpfte Josef plötzlich. Er befahl den Kindern, sich in den Schlitten zu knien. Luther und Lucy warfen sich sofort auf den Boden und machten sich klein. Jetzt fuhren wir über eine alte Steinbrücke und wurden schneller. Das wunderte mich etwas. Josef schnalzte und die Rentiere schnaubten laut. Dann fuhren wir rasend schnell in Richtung der Weihnachtsstadt. Hastig griff ich nach einem Halt und unterdrückte einen Schrei. Jetzt sah ich auch die riesigen Wölfe, die unserem Schlitten hinterherrannten. „Das sind Wölfe? So groß kenne ich sie nicht!" schrie ich entsetzt. „Bleib unten!" schrie ich Luther an, als er neugierig seinen Kopf aus dem Schlitten stecken wollte. „Das sind magische Wölfe, Mary. Und sie müssen ein Loch in dem verzauberten Grenzwall gefunden haben." Schrie Josef zurück und schlug einen Haken mit dem Schlitten als einer der Wölfe gefährlich nahekam. Der Schlitten schlitterte, als sich das Tier mit vollem Gewicht dagegen warf. Fast wären wir umgekippt. Voller Angst sah ich zur Stadt vor uns. Diese Tiere waren schneller als wir. Wir, mit dem schweren Schlitten. Das würden wir nie schaffen, überlegte ich. Keine Minute und diese riesigen Wölfe würden uns umzingeln. Die Kinder mussten gerettet werden, dachte ich und *fasste einen Entschluss. „Fahre weiter, Josef und lass dich nicht aufhalten! Bringe die Kinder in Sicherheit!" befahl ich streng. „Nein!" schrie Josef aufgebracht, als ich mich aus dem Schlitten fallen ließ. Ich landete im weichen Schnee und sah dem Schlitten hinterher. Ich würde die Wölfe aufhalten, irgendwie würde ich das schaffen. Hauptsache, Josef brachte die Kinder in Sicherheit.*

Kaum hatte ich mich erhoben, wurde ich von den riesigen Tieren umringt. Ein Wolf kam jetzt näher. „Das ist die Frau, gut so. Holt euch die anderen!" befahl der große, schwarze Wolf jetzt grantig. Vier der riesigen Tiere wollten weiter den Schlitten verfolgen. „Nein, Stopp!" schrie ich wütend. Ich hob meine Arme und klatschte laut. Das Wunder geschah, die vier Wölfe erstarrten und wurden zu Eis. Plötzlich standen vier Eisskulpturen vor mir. Ich wandte mich wieder um Leitwolf und starrte das Tier finster an. „Lasst meine Kinder in Ruhe!" befahl ich dann dunkel. Ich wunderte mich selbst über meine Stimmlage. Der Leitwolf knurrte jetzt und seine Gefährten ließen sich in den Schnee fallen. „Wer bist du, dass du solch eine Macht hast, Frau." Wollte das Tier jetzt wissen. Er kam etwas näher und schnüffelte aufgeregt. „Du bist eine Hexe. Eindeutig eine Hexe. Das wird unseren Meister interessieren." Sagte er dann leise wimmernd.

„Was wollt ihr von Josef und den Kindern? Warum jagt ihr uns?" fragte ich zurück. Plötzlich war meine Angst verflogen. Diese riesigen Tiere hatten vielmehr Angst vor mir, wurde mir bewusst. Es wunderte mich nicht einmal, dass sie sprechen konnten, dachte ich still. Der Leitwolf erhob sich und schnüffelte wieder etwas. „Unsere Reiche leben im Krieg, Frau. Wir haben uns zerstritten. Jeder von uns beansprucht die Kraft aus dem Weihnachtsstern, Frau. Doch die Weihnachtsflüge der Brüder hier schwächen den Stern jedes Jahr. Bald ist der Stern erloschen." Erklärte der Leitwolf jetzt finster. „Du bist die erste Hexe seit langer Zeit. Wir werden unserem Meister von dir berichten, Frau. Hast du einen Namen?" fragte der große Wolf ernst. Ich nickte und versuchte ein Lächeln. Ich wollte Frieden, dachte ich. Auch, wenn diese Kreaturen uns eben noch gejagt hatten. „Ich heiße Mary. Mary Gawin. Und ich komme aus der realen Welt, Leitwolf. Bestelle deinem Meister, dass man nicht kämpfen muss. Es gibt immer eine andere Lösung." Sagte ich dann freundlicher. Ich wies auf die vier Eis Skulpturen hinter mir. „Das tut mir leid, das wollte ich nicht so hart. Aber niemand jagt meine Kinder. Ich bin verantwortlich für die drei." Erklärte ich streng. „Mary? Mary Gawin? Du bist Mary? Aber der Meister sagte doch, dass Mary tot sei." Sagte der Leitwolf schwer und kam näher. Er schnüffelte wild an mir und knurrte verwirrt. Dann setzte er sich und schien zu überlegen. „Ich bin Mary Gawin, Wolf." Sagte ich streng. Der Leitwolf nickte und hob seine Stimme. Dann rannten alle Tiere wieder zurück. Ich blieb allein, in dieser Winterlandschaft, zurück. Das würde ein langer Fußmarsch werden, dachte ich verärgert. Jetzt war ich für den warmen Mantel dankbar.

Josef sah hinter sich. Die Wölfe hatten ihre Jagd aufgegeben. Schnell erreichte er die Stadt und war damit in Sicherheit. Das hatte er Mary zu verdanken, das wusste er. Mary hatte sich geopfert, um ihm und die Kinder zu retten. Mit einem leisen Fluch hielt er den Schlitten auf dem Marktplatz an. „Wölfe! Wir wurden angegriffen! Ich muss wieder raus und Mary suchen. Kümmert euch um die Kinder!" rief Josef laut. Aus den Häusern kamen jetzt neugierig die Elfen und umringten den alten Schlitten. Zwei Elfen halfen Lucy aus dem Schlitten und wickelten eine warme Decke um das Mädchen. Luther kletterte über die Lehne und verzog besorgt sein Gesicht. „Hoffentlich findest du Mary, Onkel Josef. Ich mag die Frau." Flüsterte er seinem Onkel zu. Josef beugte sich zu dem Kind. „Ich verrate dir ein Geheimnis. Ich mag Mary auch sehr. Ich werde sie finden." Sagte er leise versprechend. Er wendete den Schlitten und fuhr wieder raus. Verdammter Mist, fluchte Josef still. Es durfte Mary nichts passiert sein, betete er leise. Denn das würde er sich nie verzeihen, dachte er besorgt. Die junge Frau hatte sich für ihn und die Kinder geopfert. Sie hatte erfolgreich die Wölfe aufgehalten, keine Ahnung, wie sie das geschafft *hatte. Aber er konnte Lucy und Luther in Sicherheit bringen. Hoffentlich war Mary noch am Leben und unversehrt, betete er erneut und wünschte jetzt sein großer Bruder wäre an seiner Seite. Nicks Kräfte waren wesentlich größer als seine. Josef war deswegen nie neidisch gewesen, doch jetzt könnte er diese Kräfte gut gebrauchen, überlegte er finster. Denn auch wenn die Wölfe bislang nie aggressiv gewesen waren, so wusste er nicht, was sie mit Mary angestellt hatten. Vielleicht hatte Mary die ihr fremden Tiere gereizt und sie waren ausgerastet. Zuzutrauen war es Mary, dachte er verärgert. Josef schnalzte und der Schlitten fuhr schneller über das Eis.*

----

9 Kapitel

Ich lief über den zugefrorenen See und fluchte still. Hauptsache, mein Mund blieb geschlossen. Denn jeder Atemzug tat weh, so kalt war es hier. Hoffentlich machte sich Joe auf die Suche nach mir, dachte ich besorgt. Plötzlich spürte ich einen weichen Schups in meinem Rücken. Erschrocken drehte ich mich um. Hinter mir stand ein riesiger Eisbär. Geschockt fiel ich in den Schnee, mir meiner letzten Sekunde gewiss. Das Tier würde mich fressen und ich würde in seinen Zähnen steckenbleiben, überlegte ich voller Panik. Doch der Eisbär setzte sich nur auf seine Hinterpfoten und sah mich sanft an, wenn ein Raubtier so schauen konnte, überlegte ich weiter. Was für verrückte, letzte Gedanken waren das denn, dachte ich. „Hallo Mary. Ich wurde gesandt, um dich nachhause zu bringen. Wir Eisbären warten schon lange auf deine Wiederkehr. Du hast dir Zeit gelassen." Sagte der Eisbär sanft. „Dir muss kalt sein, denke ich. Vertraue mir und steige auf meinem Rücken." Sagte der Eisbär mit freundlicher Stimme. Unsicher zögerte ich, doch meine fast erfrorenen Füße und meine Hände drängten mich, das Angebot anzunehmen. „Mein Name ist Danni. Ich werde dir nichts tun. Du hast die dämlichen Wölfe mächtig imponiert, ich gratuliere. Diese Tiere sind nervig und ungehobelt. Sie haben Strafe verdient. Jetzt steig auf, bevor du festfrierst." Befahl der Eisbär *gutmütig und hob seine mächtige Pranke. Damit schob er mich Richtung seines Rückens. Endlich überwand ich mich und stieg auf das riesige Tier. Sofort wurde mir warm, als ich mich in das dicke Fell des Tieres kuschelte. „Halte dich gut fest, ich werde schnell laufen. Josef ist bereits auf dem Weg, dich zu suchen. Wir werden ihm entgegenlaufen." Rief Danni und rannte los. Zufrieden genosss ich die Wärme, die von dem Tier ausging. Endlich tauten meine Hände und Füße wieder auf, dachte ich glücklich. Der Eisbär war wirklich schnell unterwegs, schneller als der Schlitten, überlegte ich noch als das Tier plötzlich stoppte. Fast wäre ich seinem Rücken gefallen. Der Schlitten hielt jetzt neben uns.*

„Hast du etwas verloren, Josef, Bruder des Weihnachtsmannes?" Fragte der Eisbär und legte sich hin. Ich konnte absteigen und mich durchstrecken. Josefs Gesicht war einmalig als ich um den Eisbären herumkam und vor Danni stehenblieb. „Hallo Joe. Ich erlebe wirklich einen abgefahrenen Traum hier. Es wird mir eine Menge geboten, alle Achtung." Sagte ich lächelnd.

„Danke Danni. Danke, dass du mich transportiert hast. Danke für den interessanten Ritt." Sagte ich und küsste den riesigen Eisbären auf die dunkle Nasenspitze. „Ja, habe Dank, dass du mir Mary unversehrt wiedergebracht hast, Danni. Ich bin froh, dass du in der Nähe warst. Hast du die Wölfe verscheucht?" fragte Josef neugierig. Der Eisbärlachte dröhnend. „Ich war auf dem Weg. Aber es war gar nicht nötig. Mary konnte sich sehr gut allein behaupten. Die Wölfe sind mit eingeklemmten Ruten abgehauen. Das kann dir Mary erzählen. Ich muss weiter, meine Familie wartet." Erklärte Danni und erhob sich. Schnell war der Eisbär verschwunden. Schnell stieg ich wieder in den Schlitten und warf die warmen Decken über mich. Ich fror sehr. „Kannst du mal die Heizung hochdrehen?" fragte ich Josef scherzend, als er immer noch schwieg. Grimmig stopfte er die Decken um mich fest und schnalzte. Der Schlitten setzte sich wieder in Bewegung. „Was hast du mit den Wölfen gemacht, Mary Gawin? Ich habe schon das Schlimmste befürchtet. Ich bin wie ein Irrer Heim und habe die Kinder abgesetzt, dann wieder los, dich suchen.

Und du kommst mit dem König der Eisbären daher. Was ist passiert? Das würde mich interessieren." Sagte Josef dann endlich. Er beugte seinen Kopf und küsste meine eiskalten Lippen sanft. Ich hatte Angst, das er festfrieren würde, so kalt waren meine Lippen.

„Ich habe vier der Wölfe in Eisskulpturen verwandelt, Josef. Keine Ahnung, wie ich das gemacht habe, aber sie wollten euch jagen. Da wünschte ich, dass sie erstarren würden. Und da passierte es. Die anderen Wölfe bekamen Angst und flüchteten. Der Anführer nannte mich eine Hexe, Joe." Berichtete ich leise seufzend. „Mary Gawin jagt den Wölfen Angst ein. Das muss ich Nick erzählen. Der wird mir das nie glauben." Sagte Josef und überging den Teil mit der Hexe. Er hoffte wohl, dass ich das nicht bemerken würde. Doch jetzt war ich zu erschöpft, um darauf zu reagieren. Mir fielen die Augen zu und ich schlief ein.

„Unglaublich, einfach unglaublich, Mary. Du bist erst wenigen Tagen wieder in meinem Leben und schon gerate ich von einem Abenteuer ins nächste. Trolle, Wölfe und der König der Eisbären. Es war das erste Mal, dass Danni mit uns gesprochen hat. Unglaublich, einfach unglaublich." Flüsterte Josef Kopfschüttelnd. Sein Bruder würde ihm kein Wort glauben, dachte er schwer seufzend. Die Wölfe hatten Mary Hexe genannt, überlegte er schmunzelnd. Sie hatten ihre Zauberkraft zu spüren bekommen und waren panisch davongelaufen. Schade, dass er das verpasst hatte, dachte Josef grinsend. Er hielt den Schlitten im Innenhof, vor der kleinen Scheune. Dort wartete bereits der Stallmeister, um sich um die Rentiere zu kümmern.

„Danke Lars. Die armen Tiere haben sich eine Extraportion Hafer verdient, Lars. Reibe sie bitte gut trocken. Ich muss Mary Heimbringen. Sie ist vollkommen durchgefroren." Sagte Josef heiser. „Du hast sie gefunden, das ist die Hauptsache, oder Josef? Bring deine Freundin ins Haus, da ist das Wichtigste jetzt. Nicht, dass sie krank wird und sich nicht um die Kinder kümmern kann. Wir Elfen haben genug andere Arbeit, jetzt da dein

Bruder nicht hier ist." Erklärte Lars bedächtig. Josef nickte dankbar und hob Mary aus dem Schlitten, sie wachte nicht einmal auf. Schmunzelnd trug er die schlafende Mary ins Kaminzimmer. Mit einem Zwinkern entzündete er das Feuer im Kamin und legte Mary auf das Sofa. Dort breitete er die dicke Decke über Marys bebenden Körper. „Ich muss dich aus den nassen Klamotten holen, Liebes. Sonst wirst du nie warm werden." Sagte Josef ernst und zerrte den Pullover über Marys Schultern. Endlich war Mary nackt und lag zitternd unter der Decke. Mühsam öffnete sie ihre Augen. Unter Schlitzen sah sie Josef an.

„Ich friere, Joe. Komm und wärme mich. So wie früher am See. Als ich ins Eis eingebrochen bin." Sagte ich vor Frost zitternd. Josef sah mich überrascht an. Dann nickte er langsam. „Ich werde mal nach den Kindern sehen, Mary. Dann komme ich wieder." Versprach er dann heiser. Ich lächelte und schloss wieder meine Augen. Wieder erinnerte ich mich an den Tag damals. Carmen *hatte mir versprochen, Schlittschuh zu fahren. Doch dann war Robert aufgetaucht und ich war abgeschrieben gewesen. Keinen Gedanken verschwendete meine große Schwester an mich Carmen hatte mit ihrem zukünftigen Mann geknutscht und nicht einmal gemerkt, wie ich das Haus verlassen hatte. Wütend war ich allein auf den zugefrorenen See gegangen und fast umgehend eingebrochen. Josef war erschienen und hatte mich gerettet. Dann brachte er mich Heim und ich musste feststellen, dass Carmen ausgegangen war. Sie hatte keinen Gedanken an mich verschwendet, oder dass ich erneut verschwunden war. Damals hatte ich ebenso gefroren wie heute. Josef hatte sich damals angekuschelt und mich mit seinem Körper gewärmt.*

„Deine Schwester hat damals die Öfen ausgehen lassen, Mary. Carmen war es egal, ob du frierst oder nicht. Das erkenne ich jetzt klar und deutlich. Damals musste ich etwas unternehmen, damit du wieder warm wirst, Mary." Sagte Josef und kam zum Sofa. „Heute kann ich dir eine Heizdecke in

Bett legen, wenn du das willst, Mary." Sagte er weiter als ich verlegen schwieg. Statt einer Antwort, hob ich nur die dicke Decke an. Lächelnd nickte Josef und zog seine Jacke aus.

Ich wurde wieder wach als Josef sich wieder zu mir legte. Er war aufgestanden, um nach den Kindern zu sehen. „Lucy schläft. Sie hat in der Backstube helfen dürfen. Also war sie auch schon gefüttert. Und ich habe erlaubt, dass Jonas und Luther im Stall schlafen dürfen. Lars wird auf sie aufpassen. Jeden Augenblick kann die Geburt bei Rena losgehen und der Ober Elf ist sowieso dort. Ich habe den   Jungs ordentlich ins Gewissen geredet. Hoffentlich bauen sie keinen Mist." Sagte Josef jetzt leise. Sein Atem kitzelte mein Ohr, während er sich zu mir beugte. Lachend drehte ich mich zu Josef herum. Sekundenlang sahen wir uns in die Augen. Mein Herz schlug rasend. Ich überlegte, wie lange ich den Mann bereits liebte und grinste etwas. „Weißt du, dass ich früher einmal wahnsinnig verknallt in dich war, Joe Miller?" fragte ich atemlos. Josef grinste jetzt *ebenfalls und küsste mich. Ich erwiderte den Kuss leidenschaftlich, denn darauf hatte ich so lange warten müssen, dachte ich schnell. „Das hier, das ist so was von falsch, Mary. Das weißt du hoffentlich." Sagte Josef und zog mich fester an sich. „Das denke ich nicht, Joe." Flüsterte ich und zwinkerte. Das Licht erlosch und ich kuschelte mich an Josef. Das hier, das war Schicksal, dachte ich. Ich hatte gewusst, dass es so kommen musste. Seit ich damals Josef kennenlernte.*

Mitten in der Nacht wurde ich wach. Irgendetwas beunruhigte mich. So, als würde mich jemand rufen. Verwundert griff ich neben mich. Dort lag Josef und schlief tief. Sein Arm lag um mich und verhinderte, dass ich vom Sofa fiel. Fast musste ich lachen, als ich daran dachte, dass unser erster Sex auf diesem kleinen Sofa stattfand. Wie lange hatte ich darauf gewartet? Davon geträumt? Ich lächelte glücklich und schälte mich unter dem großen Mann heraus. Da war sie wieder, diese dunkle Stimme, die meinen Namen rief. Anscheinend konnte nur ich sie hören, dachte ich leicht besorgt. Ich musste herausfinden, wer da meinen Namen rief, jetzt fast befehlend. Schmunzelnd zog ich mich an und schloss leise die Tür hinter mir. Sollte Josef weiterschlafen, dachte ich. Das hatte der Mann sich verdient. „Ja doch, ich komme schon." Sagte ich grimmig als erneut mein Name gerufen wurde. Vielleicht hätte ich doch Josef wecken sollen, überlegte ich und griff meine Jacke. Denn die energische Stimme rief mich nach draußen. Ich sah auf die Uhr. Es war Mitternacht. Mitternacht am Nordpol, dachte ich lächelnd. Wenn ich einen Komatraum hatte, dann aber richtig, dachte ich still.

Ich zog meine warme Mütze tiefer ins Gesicht und machte mich auf dem Weg zum riesigen Weihnachtsbaum in der Mitte des kleinen Elfendorfes. Es war so kalt, dass mein Atem gefror, während ich zu der großen Männergestalt ging, die ungeduldig wartend vor dem Baum stand. Jetzt drehte sich der Mann um und mein Herzschlag setzte einen Moment aus. Denn ich kannte den Mann. „Hallo Tochter. Lange nicht gesehen, oder?" fragte der Mann dunkel.

10 Kapitel

Geschockt starrte ich den Mann an. „Bist es wirklich, Dad? Mama sagte damals, dass du gestorben seist. Ich meine, all diese Jahre glaubte ich dich tot." Flüsterte ich unfähig, einen klaren Gedanken zu fassen. Wie abgefahren konnte mein Traum denn noch werden, dachte ich schwach. Meine Beine drohten nachzugeben, so geschockt war ich in diesem Moment. Der Mann vor mir nickte schwer und grunzte dann verärgert, wütend, wie mir schien. „Dasselbe schrieb mir damals deine Mutter. Ich meine, ich wusste ja, dass du schwerkrank warst. Ich war unterwegs, jemanden zu finden, der dir helfen konnte. Dann erreichte mich der Brief deiner Mutter. Sie schrieb, dass du es nicht geschafft hättest. Voller Trauer zog ich mich hierher, zu meinen magischen Schloss, zurück. Ich wollte von der Welt dort draußen nichts mehr wissen." Erklärte der Mann mir jetzt mit kratzender Stimme. Er hob seine Hand und reichte sie mir. Erst jetzt wurde mir klar, wie sehr ich meinem Vater vermisst hatte.

Glücklich ergriff ich seine Hand. „Dann hat Mutter uns beide belogen? Warum hat sie das getan? Sie wusste doch, wie sehr ich dich geliebt habe. Ich konnte es immer nie abwarten, wenn du mich abgeholt hast." Fragte ich verwundert. Ich erinnerte mich, wie ich jedes Mal den Tagen entgegenfieberte, wenn mein Vater mich abholen kam. Meine Eltern hatten sich scheiden lassen, da war ich gerade fünf Jahre alt gewesen. Viel hatte ich nie über den Mann erfahren. Irgendwann kam der Mann nicht mehr. Keine Briefe und Geschenke zu meinem Geburtstag. Mutter sagte, Vater wäre verstorben. Damit war das Thema für die Frau erledigt.

„Ich denke, deine Mutter wollte verhindern, dass wir uns sehen, Kind. Nach jedem Besuch bei mir, erzähltest du davon und das machte deiner Mutter Sorgen, denke ich. Mutter ist eine sehr realistische Frau, musst du wissen. Sie wollte wohl verhindern, dass du zu viel von meinem Leben mitbekommst." Mein Vater fuhr sich schwer durch seine Haare. „All die Jahre hielt ich dich für tot. Hätten mir meine Wölfe heute nicht berichtet,

wem sie gejagt haben, ich würde immer noch über mein einziges Kind trauern. Deine Mutter schrieb mir, dass du an deiner schweren Krankheit gestorben wärst. Ich habe dich nie vergessen, Kind. Jedes Jahr, zu deinem Geburtstag, habe ich eine Kerze entzündet." Sagte er jetzt dunkel. Liebevoll strich er mir das Haar aus dem Gesicht. „Ich konnte es nicht glauben, als der Leitwolf deinen Namen nannte. Er berichtete mir von einer jungen Frau, die vier seiner Kameraden zu Eis verwandelte." Jetzt lachte Vater leise, es hörte sich wunderschön in meinen Ohren an. „Den Trick brachte ich dir damals bei, erinnerst du dich, Mary?" fragte er dann heiser, mit den Tränen kämpfend. Bedauernd schüttelte ich meinen Kopf. Ich hatte wenig Erinnerungen an meinem Vater, dachte ich schwer. Dafür hatten meine Mutter und Carmen gesorgt, dachte ich schwach.

„Wie kommst du hierher? Ich meine, in das Haus des roten Halunken und seiner Familie?" Fragte Vater jetzt, um das Thema zu wechseln. Er sah sich vorsichtig um. So als erwartete er Ärger. Liebevoll nahm ich Vaters Hand und drückte sie.

Wie, um mich zu überzeugen, nicht zu träumen. In meinem irren Traum keinen weiteren Traum zu haben, verbesserte ich mich still. „Das ist eine lange Geschichte, Dad. Die musss ich dir einmal in Ruhe erzählen. Du solltest allerdings wissen, dass ich hier zu Besuch bin. Nick Kringel und seine Frau Babara haben mich gebeten, auf ihre Kinder zu achten. Babara hat mir damals das Leben gerettet. Das solltest du vielleicht wissen. Wäre Mrs. Kringel nicht gewesen, wäre ich damals wirklich gestorben, Dad." Erklärte ich jetzt etwas strenger. Denn ich merkte, dass mein Vater dem Weihnachtsmann nicht wohlgesonnen war. Wir blieben einen Moment der Stille am beleuchteten Baum stehen. Irgendwie wollte keiner von uns diesen magischen Moment zerstören, überlegte ich. Immerhin hatte ich es geschafft, in meinem abgefahrenen Traum, meinem geliebten Vater wiederzusehen, dachte ich glücklich.

„Wie kommst du eigentlich hier rein, Dad? Ich frage nur, weil Joe mich danach fragen wird. Und ich belüge den Mann ungern." Fragte ich dann doch leise. Mein Vater schmunzelte und erinnerte

mich damit an mich selbst. Auch ich verzog oft so mein Gesicht, wenn ich etwas Schweres zu sagen hatte. Gerade wollte mein Vater antworten, als von hinten eine harte Stimme erklang. Josef kam zu uns und blieb mit verschränkten Armen, abwehrend, vor uns stehen. „Der Hüter des Weihnachtssterns in unserer kleinen Stadt. Und das unangekündigt. Hatten wir da nicht die Abmachung, dass sie sich nie wieder heimlich hier sehen lassen, Meister Leo?" fragte er dann grimmig knurrend. Er sah von meinem Vater zu mir. Sein Blick blieb an mir hängen. Ich wusste, er dachte in diesem Augenblick an unsere gemeinsame Nacht. Ebenso wie ich es tat. Ich wurde rot und senkte meinen Kopf. Vater drückte sein Kreuz durch. Mit einem ernsten Blick sah er Josef an und dann mich. „Wie sie wissen sollten, Josef Kringel, bin ich der Hüter des Sterns. Ich gehe dorthin, wo der Weihnachtsstern mich sendet. Und heute hat er mich zu meiner Tochter gesendet. Er befahl mir, heute Nacht herzukommen." Vater strich mir liebevoll über den Kopf. „Jahrelang dachte ich, dass mein einziges Kind tot sei. Es ist ein Wunder, dass ich

Mary sehen darf. Ein Weihnachtswunder." Sagte Vater dunkel lachend. Er schloss kurz seine Augen. „Wenn ihr Bruder wieder hier ist, möchte ich sie alle in mein Schloss einladen, Josef. Es hat sich durch Mary sehr viel geändert. Wir müssen reden." Sagte Vater und küsste meine Tränennase Wange. Dann löste er sich auf. Weg war er. So als sei er nie hier gewesen. Fast eine Minute lang, schwiegen Josef und ich. Keiner war fähig, etwas zu sagen. Ich ging zu ihm und legte mir seinen Arm um die Schultern. „Du bist also die Weihnachtsprinzessin. Die Tochter des Hüters. Jetzt wird mir so einiges klar, was mein großer Bruder mir verheimlicht hat." Grummelte Josef finster. Ich seufzte leise. War Josef jetzt wütend auf mich? Ich musste versuchen, es Josef zu erklären. „Ich wusste es auch nicht, Josef Kringel. Bis heute dachte ich, mein Vater sei tot. Das erzählte mir meine Mutter immer." Sagte ich heiser. Wieder liefen mir die Tränen übers Gesicht. Josef schwieg nur und führte mich wieder ins Haus. Leise, stockend, erzählte ich Josef, was ich von meinem Vater erfahren hatte.

Ich sah noch einmal nach Lucy. Das Mädchen schlief friedlich. Ich zog ihr die Decke hoch und lächelte etwas neidisch. Denn das kleine Mädchen hatte Eltern, die es liebten und behüteten. Anders als es bei mir gewesen war, dachte ich leicht traurig. Ich löschte das Licht und ging nachdenklich in mein Zimmer. So viel war heute passiert, dachte ich schmal lächelnd. Ich hatte mit dem Mann geschlafen, dem seit vielen Jahren mein Herz gehörte. Und ich war wieder mit meinem Vater vereint worden. Etwas, von dem ich nie zu träumen gehofft hatte. Wie hatte ich damals geweint, als Mutter mir die Nachricht von Vaters Tod überbrachte, erinnerte ich mich schwer schluckend. Bis meine Mutter mir irgendwann befahl, mit dem Heulen, wie sie es nannte, aufzuhören. Schweren Herzens gehorchte ich. Und merkwürdigerweise, schwanden danach fast alle Erinnerungen an meinem Vater, überlegte ich. Nachdenklich kroch in mein kaltes Bett und zog mir die Bettdecke ans Kinn. Josef war zum Stall gegangen, um nach den Jungen zu sehen. Er hatte Angst, die beiden würden sich langweilen und Unsinn anstellen. Lars, der Ober Elf, war bestimmt froh, wenn Josef vorbei sah. Ob Josef danach zu mir kommen würde? Der Mann hatte doch bestimmt tausend Fragen, überlegte ich weiter.

Als hätte Josef meine Gedanken gehört, ging jetzt meine Zimmertür auf. Josef betrat leise den Raum und zerrte sich den dicken Pullover über seine breiten Schultern. „Eine Frage. Warum sagte der Hüter, du seist sein einziges Kind? Was ist mit Carmen? Sie ist deine Schwester." Fragte Josef dunkel als er die Bettdecke anhob und sich an mich kuschelte. Ich öffnete glücklich meine Arme und hieß den Mann willkommen. „Halbschwester, Josef. Carmen ist aus Mutters erster Ehe. Das weiß aber kaum jemand. Mutter war damals frisch verwitwet, als sie meinen Vater traf. Mein Vater war viel unterwegs, etwas das meine Mutter immer störte. Es kam immer öfter zum Streit deswegen. Ich erinnere mich ungern daran. Ich war damals noch sehr klein, musst du wissen. Aber ich erinnere mich gerne daran, dass Vater *mich immer seine Stern-Prinzessin genannt hatte." Erzählte ich meine Erinnerungen. Josef zog mich an sich und rutschte weiter ins Bett. Er wollte also bleiben, dachte ich glücklich. „Irgendwann kam Vater nur noch, um mich abzuholen. Das waren meine schönsten Tage damals. Endlich nahm sich jemand Zeit nur für mich. Doch Mutter wurde jedes Mal wütend, wenn ich danach von meinen Abenteuern erzählte. Sie sagte immer, meine übersprudelnde Fantasie, würde mich verrückt machen. Nun, kein Wunder, wenn ich über Zauberei, sprechende Eisbären oder fliegende Rentiere sprach. Oder über Wölfe, die mich durch eine Winterlandschaft trugen." Plötzlich waren sie wieder alle da. Meine gesamten Erinnerungen. Das musste das Wiedersehen mit meinem Vater ausgelöst haben, dachte ich still. „Mutter schleppte mich damals zu einem Psychiater. Um mir meine „Märchen" auszutreiben, wie sie meinte. Der Mann hypnotisierte mich letztendlich. Seitdem hatte ich alles vergessen. Ich war damals acht Jahre alt und sehnte mich nach meinem Vater. Ich war doch wieder gesund und ich fragte mich, warum er mich nicht besuchen kam. Dann sagte Mutter, das Vater tot sei." Erzählte ich heiser, mit meinen Tränen kämpfend.*

Josef knurrte leise, dass ließ mich trotz des ernsten Themas lächeln. Daran, an dieses Knurren, wollte ich mich erinnern, wenn ich aus diesem Traum erwachen musste, dachte ich entschlossen. „Jetzt wird mir vieles klar. Immer habe ich mich gefragt, warum Nick mich beauftragt hatte, auf ein kleines Mädchen aufzupassen. Ein normales, einfaches Erdenkind. Nun ja, ein sehr unternehmungslustiges Mädchen." Sagte Josef und kitzelte mich. Lachend wehrte ich mich. „Du hast mich ziemlich in Stress gehalten. Ich fragte mich immer, wie du es schaffst, mir zu entkommen. Gerade hatte ich dich wieder eingefangen, warst du wieder weg. Wieder vollkommen verdreckt unter irgendeinem Auto oder einer Maschine." Sagte Josef gespielt verärgert. „Jetzt weiß ich endlich, dass du unbewusst Magie benutzt hast, um mir immer wieder zu entkommen. Warum hat mein Bruder mir das alles verschwiegen?" überlegte er jetzt leise. Statt einer Antwort, küsste ich ihn. Wir hatten genug geredet, dachte ich glücklich. Dazu hatten wir in den nächsten Tagen noch reichlich Zeit.

Am nächsten Morgen wurde ich wach und griff neben mich. Das Bett war leer. Josef war also schon gegangen. Wahrscheinlich wollte er die Kinder nicht verwirren, überlegte ich lächelnd. Ich würde die Familie beim Frühstück finden, überlegte ich, während ich mich anzog. Nach dieser leidenschaftlichen Nacht konnte ich einen guten Kaffee gebrauchen, dachte ich und grinste als die Tür aufging und Josef mit einen dampfenden Becher um die Ecke sah.

11 Kapitel

Eine Woche später

Endlich war das Rentierbaby da. Rena war eine stolze Mutter. Und die Kinder schliefen jetzt wieder in ihren Betten. Jona war darüber nicht glücklich, er wäre lieber bei dem Rentier geblieben. Doch ich hatte mich durchgesetzt. Denn es war wichtig, dass die Rentiere wieder zu Ruhe kamen, so erklärte Josef ernst. Die Jungen hatten in den letzten Tagen und Nächten für viel Unruhe gesorgt. Das hatte uns Lars erzählt. Jetzt schliefen die Kinder erschöpft. Josef und ich hatten es uns vor dem Kamin gemütlich gemacht. „Ich verstehe nicht, dass jeder meint, dass die Kinder anstrengend sind. Gegenüber Carmens Kinder sind deine Neffen und Nichte die reinsten Engel. Etwas temperamentvoll vielleicht. Aber nicht bösartig." Sagte ich lachend. Ich dachte an Carmens Kinder und wie verwöhnt die drei waren. Egoisten der besten Sorte.

„Die drei mögen dich, Mary. Deswegen benehmen sie sich etwas. Ich mag dich übrigens auch, Mary Gawin." Sagte Josef scherzend und kitzelte mich wieder. „Außerdem hat Nick uns allen eine große Überraschung versprochen, wenn seine Werkstatt noch steht, wenn er wieder Heimkommt." Sagte er weiter als ich ein Gähnen unterdrückte. Liebevoll küsste ich Josef und genoss seine warmen Lippen. Wissend, dass, wenn mein Traum endete, ich das alles verlieren würde. Und hier dran wollte ich mich mein Leben lang erinnern. Ich hatte Josef die ganzen Jahre nicht vergessen und wollte es auch in Zukunft nicht tun, schwor ich mir. Josef erhob sich und warf Holz in den Kamin. „Bald kommt Nick zurück. Was soll dann werden, Mary? Was soll aus uns werden? Ich möchte dich nicht wieder verlieren. Seit ich dich in deiner Wohnung gesehen habe, schlägt mein Herz nur für dich. Ich weiß, das klingt schmalzig und darauf stehst du nicht. Aber es trifft den Punkt gut." Erklärte Josef jetzt schwer und stockend. Jetzt wusste ich endlich, was den großen Mann beschäftigte, dachte ich schmunzelnd. Mein Traummann machte sich Sorgen, was passierte, wenn ich aufwachen würde, dachte ich.

Wie sollte ich Josef erklären, dass er nur ein Teil meines Komatraums war? „Ich möchte auf jeden Fall noch meinen Vater besuchen, Josef. Bevor mein Traum endet und ich im Krankenhaus oder in der Leichenhalle aufwache." Sagte ich leise und *küsste Josef erneut. Daran könnte ich mich gewöhnen, überlegte ich.*

Plötzlich wurde die Tür aufgerissen und alle drei Kinder stürmten in den Raum. Hastig löste ich mich von Josef und richtete mein Shirt. Verlegen wurde ich rot. „Solltet ihr drei nicht schlafen?" fragte Josef streng und setzte ich auf einen der Sessel, weit weg von mir. Er war verärgert, dass die drei uns gestört hatten, das merkte ich. „Sie werden einen guten Grund haben, Joe." Sagte ich versöhnlich. Ich wollte die letzten Tage keinen Streit mehr haben. Lucy nickte heftig und stieß Luther an. Der kleine Junge holte tief Luft. „Trolle, Onkel Josef. Trolle haben den Stall überfallen und Rena und ihr Baby gestohlen." Sagte er dann schnell, sich überschlagend. „Woher weißt du das? Du warst doch in deinem Bett, Luther." Fragte ich jetzt besorgt und verwundert. Josef wies auf Lucy. Dann auf Jona, der merkwürdig ruhig war. „Ich habe es in meinem Traum gesehen, Mary. Renas Baby ist mein Seelengefährte. So, wie Rudolf es bei meinem Vater ist. Der Kleine hat mich zu sich gerufen."

Erklärte Jona dann sehr ernst. „Ich verstehe es nicht. Was ist so besonders an dem Rentierbaby, dass die Trolle es entführen müssen." Fragte ich und kämmte mir mit den Fingern die unordentlichen Haare. Das hier passte mir nicht gerade gut in meinem Traum, dachte ich verärgert. Denn, wie Josef sagte, bald kam sein Bruder zurück und dann endete mein Traum, davon war ich überzeugt. Ich mochte die drei quirligen Kinder, keine Frage. Doch ich hätte diesen Abend gerne allein mit deren Onkel verbracht. Statt einem gestohlenen Rentier hinterher zu jagen. Wir gingen alle zum Stall und sahen es. Dass die Kinder recht hatten. Von Rena und ihrem Baby fehlte jede Spur. Es roch unangenehm nach Dreck und Abfall. Eindeutig Trolle, dachte ich besorgt.

„Jona und das Rentierbaby sind Seelenverwandte, Mary. Sie gehören zusammen. Ohne die beiden wird es irgendwann kein Weihnachten mehr geben." Erklärte Josef jetzt genervt. Auch er hatte sich diesen Abend anderes gewünscht, das merkte ich. „Die Trolle werden Rena und ihr Baby *in die Berge bringen. Wir brauchen Hilfe." Sagte er dann besorgt. Ich nickte und ahnte, wem Josef meinte. „Die Wölfe meines Vaters, oder? Sie können die Berge durchsuchen. Ich werde meinen Vater aufsuchen." Sagte ich und zerrte mir den dicken Pullover über die Schultern. Das klang ganz natürlich, dachte ich und unterdrückte ein Schmunzeln. Ich würde meinen Vater um Hilfe bitten, so einfach war es. „Ich nehme Lucy mit. Mein Vater wird das Mädchen lieben, da bin ich mir sicher." Schlug ich vor und sah, wie Josef seinen Kopf schüttelte. „Ich werde dich begleiten, Mary. Die Jungen können mit den Elfen die nähere Umgebung absuchen." Sagte er dann dunkel und grunzte als die Jungen rebellieren wollten. Das ließ die Kinder schweigen. Ich sah nervös zum Himmel, es graute jetzt und es wurde empfindlich kalt. Entschlossen nahm ich Lucys Hand und zog sie Richtung Schlitten. Wir sollten uns beeilen, dachte ich still.*

„Ich wiederhole mich ungern, Josef. Aber warum haben die Trolle die Rentiere entführt?" Fragte ich

und senkte meine Stimme. Lucy war im Schlitten neben mir wieder eingeschlafen. „Was haben diese Kreaturen davon, ein wehrloses Tier und sein Baby zu entführen?" fragte ich weiter als der große Mann neben mir schwieg. Jetzt hielt Josef den Schlitten und ich sah ein riesiges Schloss aus Eis. „Ich erinnere mich wieder! Das Zuhause meines Vaters! Hier war ich als kleines Kind oft. Immer, wenn mein Vater mich abgeholt hat!" rief ich überrascht. Plötzlich waren alle Erinnerungen wieder da, alles, was meine Mutter mir genommen hatte. Ich erinnerte mich wieder an die vielen schönen Stunden, die   ich hier verbringen durfte. „Dann kannst du uns ja reinbringen, Mary. Das ist nämlich nicht so einfach." Grummelte Josef jetzt das erste Mal, seit wir losgefahren waren. Ich lächelte und nahm seine Hand. „Das ist einfach, Joe. Du musst es dir nur fest genug wünschen." Sagte ich dann   und schloss meine Augen. Plötzlich war ich wieder sechs Jahre alt und voller Fantasie. Mein Traum wurde   immer irrer, dachte ich seufzend.

Das große Tor öffnete sich schwerfällig. Mein Vater stand inmitten des großen Innenhofes und schien uns erwartet zu haben. „Ihr habt Probleme, ich weiß. Kommt ins Haus, Mary." Sagte er zur Begrüßung. Vater hob Lucy aus dem Schlitten und trug das müde Kind durch die imposante Tür. Beklommen folgte ich ihm, Josef an der Hand, hinter mich herziehend. Auf einmal war ich unsicher, dass es eine gute Idee gewesen war, herzukommen. „Ich vermisse unser gemütliches Sofa im Kaminzimmer." Flüsterte ich Josef zu. Er nickte schweigend.

„Deine Wölfe haben uns neulich gejagt und mir große Angst eingejagt, Hüter. Das war gemein." Sagte jetzt Lucy böse und sah meinen Vater finster an. Ich hielt die Luft an, denn das hatte sehr selbstbewusst geklungen. Was würde mein Vater antworten? Vater stellte Lucy auf den Boden und kniete sich liebevoll zu dem Kind. „Das tut mir sehr leid, Lucy Kringel. Doch meine Tiere hätten euch nichts getan. Sie sollten euch zu mir bringen, damit euer Vater einmal den Weg zu mir findet. Ich muss mit deinem Vatter reden." Erklärte Vater

geduldig. Lucy legte ihren Kopf schief. „Warum bist du dann nicht zu uns gekommen? Vater hätte dir bestimmt nichts getan." Fragte sie dann kichernd. Vater seufzte und strich Lucy über den Kopf. „So klein und doch schon weise. Ich denke, dein Vater und ich sind beide sehr stur. Doch das wird sich jetzt ändern. Dafür wird meine Tochter sorgen. Denn endlich haben wir wieder eine Weihnachtsprinzessin." Sagte er dann lächelnd. Vater erhob sich und sah von mir zu Josef. „Ich habe meine Wölfe bereits losgeschickt. Ich weiß vom verschwundenen Rentier." Sagte er nachdenklich und suchte den Blick von Josef. „Meine Wölfe werden mich benachrichtigen, wenn sie eine Spur haben, Mary." Sagte Vater und sah wieder Josef an. Irgendetwas ging zwischen den beiden Männern vor sich, das spürte ich. Was wurde mir hier verheimlicht, fragte ich mich wütend.

Vater führte uns weiter in sein Schloss und schwieg einen Moment. Auch Josef war merkwürdig ruhig. Verstimmt kniff ich den großen Mann. „Was geht hier vor sich, Kerl. Das ist mein

Traum. Und doch entgleitet er mir gerade, so scheint es mir." Fauchte ich wütend. Ich könnte jetzt gemütlich in meinem Bett liegen, in Josefs Armen. Stattdessen lief ich jetzt durch ein kaltes Schloss. Endlich stoppte mein Vater und wies zur Decke über uns. Ich erstarrte und war unfähig, einen klaren Gedanken zu fassen. „Der Weihnachtsstern!" hauchte ich fassungslos. „Ich erinnere mich gut, Dad. Wie oft habe ich als Kind darunter gespielt. Nie war ich glücklicher gewesen als in diesen Momenten." Hauchte ich lächelnd und stellte mich unter den großen Stern. Dieser begann jetzt unglaublich zu leuchten. Nie sah ich etwas Schöneres, dachte ich und lachte glücklich. Warum war ich plötzlich so glücklich? Woher kam dieses Gefühl, überlegte ich. Auch Lucy tanzte jetzt lustig unter diesen großen Stern.

„Das ist der Wahnsinn, Hüter nie hat der Stern heller geleuchtet. Das ist echt Wahnsinn." Sagte jetzt Josef und griff meine Hand. Er spürte, wie sehr ich zitterte. „Das bewirken die beiden Prinzessinnen unter dem Stern, Josef Kringel. Seit Mary nicht mehr kam, ich mein Kind für tot hielt,

verlor der Stern seine Kraft. Und eure ganzen Flüge und Zaubereien, haben den Stern zusätzlich belastet. Ich habe versucht, mit deinem Bruder darüber zu reden. Doch Nick Kringel bestand auf seine weihnachtlichen Flüge und seine Geschenke." Erklärte mein Vater und seufzte leise. Ich griff seine Hand und drückte sie zuversichtlich. „Ich erinnere mich wieder. Du hast mich früher immer hergeholt, damit ich dem Stern Kraft verleihe. Ich war die Weihnachtsprinzessin. Mutter war jedes Mal wütend, wenn ich Heim kam und ihr meine Abenteuer erzählte. Wie ich auf den Wölfen geritten bin." Erinnerte ich mich lächelnd. Josef risss jetzt seine Augen auf. So als erinnerte er sich auch an etwas. „Ich habe dich damals gesehen, Mary. Ich habe damals ein kleines Mädchen gesehen, dass auf Wölfen geritten ist. Ich glaubte zu träumen." Sagte er dann leise seufzend. „Nick hat mir nie erzählt, dass der Hüter ein Kind hat. Ich glaubte, es mir nur eingebildet zu haben." Flüsterte er mir zu. Vater hatte es trotzdem gehört.

„Niemand wusste von Mary, Josef. Niemand, nicht einmal der Weihnachtsmann, wusste, dass ich eine Tochter habe." Sagte Vater ernst.

12 Kapitel

Lucy griff erschrocken meine Hand als der Leitwolf die große Halle durchschritt und mit gesenktem Kopf vor meinem Vater stehenblieb. Das große Tier machte ihre Angst, das spürte ich. „Herr, wir haben die Trolle gefunden und gefangen genommen. Es geht dem Rentieren gut, den Umständen entsprechend. Die Tiere sind verängstigt und glauben nicht, dass wir ihnen helfen wollen." Erklärte der Leitwolf heiser bellend und rieb seinen mächtigen Kopf an den Beinen meines Vaters. Zufrieden streichelte Vater das Tier und winkte uns weiter ins Schloss. In einem gemütlichen Zimmer erwartete uns bereits heiße Schokolade und dampfender Tee. Ich sah mich neugierig um, konnte aber keine Bedienende sehen. „Siehe genauer hin, Liebes. Dann wirst du meine kleinen Helfer sehen. Deine kleine Freundin hat da keinerlei Probleme, oder Lucy Kringel?" sagte Vater schmal lächelnd. Lucy schüttelte den Kopf und schien sich zu amüsieren. Dann sah auch ich die kleinen Feen. Jungen und Mädchen alberten mit Lucy herum. Verzogen ihre Gesichter und brachten das Kind zum Lachen. „Wie bei mir früher, Dad. Ich erinnere mich wieder." Sagte ich kichernd. Vater nickte und schenkte uns Tee ein.

„Mein Vater war der ehemalige Hüter und ich sollte sein Nachfolger werden. Damals war ich jung voller Widerwillen. Ich wollte nicht der Hüter des Weihnachtssterns werden, ich wollte in die Welt und etwas erleben. Also verließ ich die magische Welt und reiste herum. Irgendwann traf ich Marys Mutter. Eine wunderschöne, junge Witwe mit einer Tochter." Begann Vater zu erzählen. „Carmen, ich verstehe." Warf Josef ein. Vater nickte und grunzte. „Meine Exfrau war ebenso schön, wie Carmen. Sie werden verstehen, dass ich mich Hals über Kopf in die Frau verliebt habe. Doch dann musste ich feststellen, dass sie eine Ungläubige war. Ich wollte sie herbringen

und meinem Vater vorstellen. Mein Vater war bereits krank und schwach. Doch das magische Tor öffnete sich nicht, als ich mit Marys Mutter davorstand. So etwas habe ich bis dahin noch nie erlebt." Mein Vater raufte sich die Haare und sah mich liebevoll an. „Ich verstehe es, Sir, Ich habe ähnliches erlebt. Ich stand mit Carmen vor dem magischen Tor und nichts passierte." Erklärte Josef leise. Lächelnd griff er nach meiner Hand, als er mein verärgertes Gesicht sah. „Zum Glück ist meine Tochter eine Gläubige geworden. Dank ihres festen Glaubens leuchtet der Weihnachtsstern so hell wie lange nicht mehr. Und sie Josef, haben sie mir wieder Heim gebracht." Sagte Vater und strich mir das lange Haar aus dem Gesicht. „So oft ich konnte, holte ich Mary zu mir, das waren meine schönsten Momente, Josef Kringel." Vater erhob sich und winkte uns zum Stall. „Mary verbrachte viel Zeit mit den Feen. Von ihnen hat sie die Liebe zu Motoren übernommen. Diese kleinen Wesen reparieren alles, was sie in die Hände bekommen." Sagte Vater weiter und wies auf eine Box. Dort stand Rena, ihr Junges an der Seite. Das

Rentier stupste Josef glücklich an und legte sich dann zufrieden zu ihrem Baby. „Warum haben die Trolle die beiden entführt, Dad?" fragte Ich neugierig. Das interessierte mich wirklich. Vater seufzte schwer. „Magie, es ist die Magie. Die Trolle sind süchtig danach. Deswegen brechen sie immer wieder bei euch oder mir ein, um etwas davon zu stehlen." Sagte Vater grimmig. „Oder sie versuchen, mich zu entführen. Aber es glaubt mir ja keiner." Sagte Lucy streng und sah hilfesuchend meinen Vater an. „Ich werde dir ab sofort glauben, Liebes." Sagte ich schwer schluckend. Das, was mein Vater erklärte, machte Sinn, dachte ich. Ich sah meinem Vater zu, wie er das Rentierbaby in eine warme Decke hüllte und Josef übergab. „Bringe die Tiere zurück und kümmere dich gut um meine Tochter. Wenn dein Bruder wieder hier ist, müssen wir uns alle dringend unterhalten. Dank Mary sind die Zeiten des Streitens vorbei." Sagte er versprechend. Dann wand er sich zu mir. „Dich wieder in die Arme zu nehmen, dass ist mein wahres Weihnachtsgeschenk, Kind. Lass nicht wieder so viele Jahre bis zum nächsten Mal vergehen. Ich habe dich lieb." Sagte Vater sanft, mit Tränen in den Augen. Auch ich weinte nun still. Mir liefen die Tränen über die Wange. „Ich werde mich bemühen, Dad. In meinen Träumen werde ich dich oft besuchen kommen." Sagte ich entschlossen. Ich würde mich immer an meinen Vater erinnern, dachte ich still. Ich hielt Vaters Hand, bis Josef den Schlitten startete. Noch lange winkte ich. Die Wölfe begleiteten uns bis zum Weihnachtsdorf. Diesmal, um uns zu beschützen. Die Zeit des Jagens war vorüber. Es war ein neues Zeitalter angebrochen.

„Unglaublich, dass wir so vernünftig mit dem Hüter sprechen konnten. Das war das erste, gute Gespräch mit dem Mann. All die Jahre gab es ständig Streit." Josef strich mir begehrend über den Rücken. Endlich war wieder Ruhe im Haus eingekehrt. Nachdem wir jubelnd begrüßt wurden, die entführten Rentiere stolz vor uns tragend. Immer wieder musste Lucy vom geheimnisvollen Schloss des Hüters erzählen. Endlich stand das kleine Mädchen mal im

Mittelpunkt, dachte ich zufrieden. „Dein Vater war so etwas wie der Grinch, Mary. Knurrig und ewig schlechtgelaunt. Du hast seine Wölfe erlebt, wie sie uns gejagt haben. Er wollte Weihnachten verbieten. Verstehe es nicht verkehrt, aber der Weihnachtsstern verlor immer mehr an Kraft und dein Vater gab uns daran die Schuld. Weil wir hier im Dorf so viel Energie verbrauchen. Aber wir sind doch Weihnachten, so argumentierte Nick immer. Das gab Streit. Doch dann tauchst du auf und alles wird gut. Der Stern leuchtet hell, wie lange nicht mehr und dein Vater lächelt wieder. Wenn ich das meinen Bruder erzähle, wird Nick es nie glauben." Sagte Josef dunkel und küsste mich. Ich erwiderte den Kuss leidenschaftlich. Irgendwie hatte ich das untrügliche Gefühl, das mein Irrer Traum bald enden würde. Denn es hatte sich alles geregelt. Bereits in zwei Tagen würden Nick und Babara Heimkommen. Dann war meine Aufgabe hier erledigt, dachte ich. Ich wollte bis dahin noch Josefs Zuneigung genießen, das hatte ich mir geschworen. Daran wollte ich mich erinnern, wenn ich wieder allein in meinem kalten Bett liegen musste. „Josef Kringel? Genug geredet,

denke ich. Wir haben besseres zu tun, oder?"
fragte ich lachend. Ich zwinkerte und das Licht
erlosch. Meine Zauberkraft war hier, im
magischen Reich, gewachsen, keine Frage, dachte
ich und kuschelte mich an Josef.

Mitten in der Nacht wurde ich wach. Mir war übel
und mein Kopf schmerzte heftig. Mir wurde
schwindlig, als ich meine Augen öffnete. Schnell
schloss ich sie wieder. Dann hörte ich leise
Stimmen. Sie schienen mich zu rufen. Verängstigt
griff ich nach Josefs Hand, doch der große Mann
schlief fest.

„Aufwachen, Mary. Nun komm schon, werde
wach!" hörte ich die strenge Stimme meiner
großen Schwester befehlen. Ich wurde unsanft
geschüttelt und gerüttelt. „Lass mich schlafen, Joe
Kringel. Ich bin müde. Du hast mich ganz schön
gefordert." Sagte ich knurrend. Unwirsch schlug
ich nach den groben Händen, die mich wie der
schüttelten.

„Typisch meine Tochter. Mary träumt wahrscheinlich wieder einen ihrer Fantasieträume. Und wieder von diesem merkwürdigen Mann. Wahrscheinlich hast du recht, Carmen. Mary braucht spezielle Hilfe." Hörte ich meine Mutter sagen. *„Aber ihr Vater war ebenso durchgeknallt, murmelte immer etwas über Ungläubige."* Mutter schüttelte mich erneut.

Ich war doch bei Joe im magischen Reich, dachte ich schwach. In seinem Zimmer, seinem Bett. Wie kamen da meine Mutter und meine Schwester rein? Wie war das möglich? Hatten die beiden mich etwa gefunden? Gefunden in Joes Armen? Verlegen schlug ich um mich. „Lass das, Mary Gawin! Du bist über deinen Koffer gestolpert und hast dir den Kopf ziemlich heftig am Türrahmen gestoßen! Sei froh, dass wir nach dir gesehen haben!" schnauzte Carmen mich typisch mürrisch an. Anders konnte sie wohl nicht mit mir sprechen, überlegte ich. Mühsam öffnete ich meine Augen und sah meine Mutter am Bett sitzen. Ich war wieder in meinem eigenen

Schlafzimmer, zurück in meiner kleinen Wohnung. Vorsichtig strich Mutter mir das wirre Haar aus dem Gesicht. Dann versuchte sie ein Lächeln. „Du hast eine mächtige Beule am Kopf, Kind. Du warst wohl einige Stunden ohnmächtig. Keine Ahnung, wie lange. Du bist nicht ans Telefon gegangen, da habe ich mir Sorgen gemacht. Zum Glück habe ich einen Schlüssel für deine Wohnung." Erklärte meine Mutter mir geduldig. Verwirrt schüttelte ich meinen Kopf. Das alles konnte doch nicht stimmen. „Einige Stunden? Wieso einige Stunden. Ich war gut zwei Wochen weg." Widersprach ich meiner Mutter. Ich war doch bei Joe gewesen. Im magischen Reich erinnerte ich mich.

Meine Schwester seufzte wieder übertrieben laut. Das kannte ich und wappnete mich für ihren Vortrag. Carmen setzte sich genervt und starrte mich verärgert an. „Du fantasierst mal wieder, Mary. Du wolltest diesen dämlichen Kindermädchenjob annehmen, wenn du dich erinnerst. Doch anscheinend wurdest du verarscht. Denn es ist niemand erschienen, dich abholen." Zufrieden, wieder einmal recht zu haben, lächelte Carmen selbstgefällig. Ganz die berühmte Psychologin. „Dann bist du über deine Koffer gestolpert und wurdest ohnmächtig. Das ist passiert. Hättest du heute Morgen meine Wünsche respektiert, wäre dir der Unfall erspart geblieben. Ich sagte dir heute Morgen, dass diese Annonce ein Fake ist. Ich hatte wieder mal recht. Nun, umso besser, dann kannst du Mutter helfen, meine drei Kinder zu betreuen. Damit ich in Ruhe meine Lesereise antreten kann. Das wäre dann geklärt." Sagte Carmen weiter als ich erschüttert schwieg. Jetzt erhob ich mich und kämpfte gegen den Schwindel in meinem Kopf an. Ich ging zum Fernseher und sah dort die Nachrichten laufen. Geschockt ließ ich mich aufs Sofa sinken. Erschlagen fuhr ich mir über die Augen. Es war der dreiundzwanzigste November, dachte ich ungläubig. Es waren wirklich nur wenige Stunden vergangen, keine zwei Wochen. Wie war das möglich? Ich wusste es nicht. Hatte ich das alles, Josef, seine Familie und meinem Vater nur erträumt? War das möglich? Hatte ich wirklich nur einen Komatraum gehabt? Einen *wunderschönen, abenteuerlichen Wunschtraum. Mit allen Menschen, die ich liebte, Vater und Joe.*

Oder hatte Carmen recht und ich verlor jetzt endgültig meinen Verstand? Doch, wer sollte mir diese Frage beantworten. Mit wem sollte ich das alles besprechen? Jemanden, der mich nicht für verrückt halten würde?

13 Kapitel

„Ich sagte, es gibt keine Kekse mehr! Du hast genug Zucker inhaliert, Julia!" schimpfte ich verärgert und stellte die Schale mit den Keksen auf dem Schrank. Umgehend schrie meine sechsjährige Nichte mörderisch laut. Meine Mutter stand machtlos neben mir und schielte zur Schale, überlegend, ob sie wieder auf den Tisch stellen sollte. Hauptsache, meine Nichte hörte auf zu schreien.

Julia schrie weiter, während im Wohnzimmer der Tannenbaum umfiel. Meine Neffen hatten, trotz meines Verbots, Fußball in dem riesigen Raum gespielt. Die große Tanne lag der Länge nach bis ins Esszimmer. „Tor, ich habe gewonnen!" schrie mein Neffe nur und rannte mit erhobenen Händen um den Baum herum. Ich griff den Jungen und schüttelte ihn heftig durch. „Bist du verrückt geworden, Karl? Wer soll, dass jetzt wieder aufräumen. Das ist das dritte Mal!" schnauzte ich den frechen Jungen wütend an. Ich hatte den Weihnachtsbaum bereits zwei Mal wieder aufstellen lassen. Jetzt kam mein anderer Neffe zu uns. „Karl ist hier nicht der Verrückte, Tante Mary. Mama sagt, dass du nicht richtig tickst. Sie sagt immer, wir sollen nachsichtig mit dir und deinen Märchen sein." Sagte Richard jetzt gehässig. Das hatte gesessen. Betroffen ließ ich den breitgrinsenden Karl los und rannte fast in mein kleines Zimmer. Wie kam meine Schwester darauf, so ungeschminkt mit den Kindern über mich zu sprechen. Ich warf mich weinend auf das Bett und schloss deprimiert meine Augen. Aber, andersherum, ich kannte doch meine Schwester. Carmen nahm da keinerlei Rücksicht. Trotzdem hatte es wehgetan. Ich hatte mich immer noch *nicht ganz von meinem Komatraum erholt. Immer wieder wachte ich nachts auf und suchte nach Josef. Meine Hände fuhren durchs Bett und suchte nach seinem warmen Körper. Wie ich den Mann vermisste, dachte ich wieder traurig. Doch er war nur ein Teil meines wunderschönen Traums gewesen und nicht real, dachte ich wieder. Hätte ich doch nur in meinem Traum bleiben können, glücklich und beschützt. Doch stattdessen musste ich mich seit fast sechs Wochen mit Carmens Kinder herumärgern. Kein Tag verging, ohne Streit oder Problemen in der Schule oder zuhause.*

Meine Schwester hatte die Gelegenheit ausgenutzt und verlängerte ihre Lesereise. Was bedeutete, dass sie sich ein paar Tage in einem Luxusbad gönnte. Ihre verwöhnten Plagen waren ja gut versorgt. Es störte Carmen auch nicht, dass heute Heiligabend war. Sie interessierte sich nicht für das Fest. Carmen überließ es Mutter und mir, diesen Tag mit ihren Kindern zu verbringen.

„Oh Man, das falsche Computerspeil. Ist Tante Mary denn zu dumm, einfache Anweisungen zu befolgen?" Hörte ich Richards wütende

Kinderstimme. Ich hörte etwas gegen die Wand knallen. „Und ich bekomme wieder eine dämliche Puppe!" schrie jetzt Julia auf. „Oh Nein, das haben sie nicht gewagt." Fluchte ich wütend. Doch dann hörte ich Karl schreien und wusste, die Kinder hatten die Geschenke geöffnet. Ohne Erlaubnis oder die Bescherung abzuwarten. Das reichte, dachte ich bitter. Jetzt würde ich die drei verprügeln. Und das würde ich mit Genugtuung tun, überlegte ich grimmig. „Ach Josef, jetzt könnte ich dich gut gebrauchen." Flüsterte ich nicht zum ersten Mal. Ich hatte so viel in meinem Traum erlebt, dass konnte doch kein Märchen gewesen sein. Nein, ich wusste, dass es ein magisches Reich gab. Irgendwo wartete Josef auf mich, dachte ich. Wieder wurde im Wohnzimmer etwas gegen die Wand geworfen. Julia schrie kreischend und Karl setzte ein.

„Mary! Ich brauche dringend deine Hilfe. Ich schaffe es hier nicht allein!" rief jetzt meine Mutter genervt. Fluchend kam ich ins Wohnzimmer und blieb wütend stehen. Der große Raum war vollkommen verwüstet. Mittendrin saßen meine drei Neffen und Nichten und stritten sich lautstark. „Wenn du Hilfe brauchst, solltest du die Mutter oder den Vater der drei missratenen Plagen herholen, Mama. Die beiden haben die Kinder doch so verzogen. Warum sollen wir es ausbaden?" sagte ich zynisch. Ich griff Julia und zerrte das kleine Mädchen aus dem Haufen Müll und Geschenkpapier. Dann zerrte ich Karl hinterher und setzte beide Kinder aufs Sofa. „Robert interessiert sich nicht mehr für seine Kinder, das weißt du, Mary. Und Carmen muss arbeiten. Einer muss ja Geld verdienen, oder? Dich will ja niemand einstellen!" fauchte Mutter mich überfordert an. Meine Mutter war mit dem Nerven am Ende. Sonst hätte sie nie so geredet, dass wusste ich. Beruhigend nahm ich die arme Frau in die Arme.

„Das sind scheiß Geschenke, Tante Mary! Hat Mutter dir keine Liste gegeben?" fragte jetzt Richard so überheblich, dass mir der Atem stockte. Voller Wut zog ich den Jungen vom Boden hoch und starrte ihn finster an. „Die Liste habe ich bekommen, Richard. Leider hat deine Mutter

„vergessen" mir auch genug Geld dazulassen, um eure Wünsche zu erfüllen. Und auf den Weihnachtsmann braucht ihr drei nicht zu hoffen. Dafür wart ihr viel zu böse." Sagte ich dann streng. „Du glaubst immer noch an den Weihnachtsmann? Du musst wirklich einen an der Klatsche haben. Mama hat recht, du gehörst in eine Anstalt." Sagte Richard wieder frech und lachte unverschämt. Wieder kamen mir die Tränen. Gerade wollte ich antworten als ein lautes Poltern aus dem Kamin zu hören war. Dann ein leiser Fluch.

„Wie macht Nick das nur Jahr für Jahr. Ich werde es nie verstehen." Hörte ich eine dunkle Männerstimme schimpfen. Mein Herz schlug plötzlich rasend schnell. Denn diese Stimme würde ich überall erkennen. „Josef" flüsterte ich glücklich. Dann stand der große Mann im Wohnzimmer. Mit zusammengezogenen Augenbrauen sah er sich im Raum um. Den umgekippten Tannenbaum, die aufgerissenen Geschenke. Teilweise kaputtgeschlagen. „Nett habt ihr es hier. Sehr einladend." Sagte er dann *grinsend. Er breitete seine Arme aus, um mich aufzufangen. Schon lag ich an seiner Brust. Glücklich, Josef endlich wieder spüren zu können. „Du bist gekommen. Ich habe dich so vermisst. Ich wusste, du würdest mich holen kommen." Flüsterte ich. Endlich hatte meine Mutter sich gefangen. „Wer sind sie, Mister? Und sind sie wirklich durch den Kamin gekommen? Träume ich etwa auch?" fragte sie jetzt verwundert. Josef drückte mich sanft und reichte Mutter die Hand. „Ich bin Josef Kringel. Der Bruder des Weihnachtsmannes und der zukünftige Ehemann ihrer Tochter Mary. Wenn sie mich denn will." Stellte sich Josef jetzt. Dass er meine Mutter schon lange kannte, verschwieg er vorsichtig. Mutter schwieg verwirrt. Doch ich hob meinen Kopf und küsste Josef. „Und ob ich dich heiraten will." Sagte ich glücklich lächelnd." Und das schon, seit ich elf Jahre alt war." Setzte ich kichernd hinzu. Josef nickte zufrieden.*

„He, wenn sie der Weihnachtsmann sind, wo ist dann mein Geschenk?" fragte jetzt Richard so eingebildet, dass mir die Sprache wegblieb. Josef

drückte beruhigend meine Hand. Dann wandte er sich an die Kinder. „Natürlich habe ich ein Geschenk für euch, Kinder. Es steht vor eurer Haustür." Sagte Josef und lächelte verschmitzt. Er grinste, als alle drei Kinder jetzt zur Haustür rannten. Voller Neugierde rissen sie die Tür auf.

„Was fällt ihnen ein, Kerl! Ich werde sie anzeigen! Ich saß gerade gemütlich in der Sauna, da kommen sie und entführen mich! Ich wurde entführt! Was soll ich denn hier!" hörte ich Carmen laut schreien. Wütend zerrte sie sich den weißen Bademantel über die Schultern. Meine große Schwester wurde jetzt von Nick ins Haus geschoben. „Das ist dein Zuhause, Carmen. Es sind deine Kinder, die deine Anwesenheit brauchen. Du hast sie maßlos verwöhnt und zu Monstern gemacht. Es ist deine Schuld. Also kümmere dich um deine Kinder!" schnauzte Nick meine Schwester an. Meine Schwester war also wirklich in einem Bad gewesen, dachte ich schmunzelnd. Und dort hatten Nick und Josef sie entführt. Das ließ mich lachen. Josef grinste frech. Auch Nick lächelte breit. Dann wandte er sich an mich. „Entschuldige, dass wir dich erst jetzt holen kommen, Mary. Aber wir hatten Probleme mit unseren Schlitten. Zum Glück hat dein Vater uns die Feen geschickt. Sie haben unsere Schlitten wieder repariert, Liebes." Nick wandte sich wieder an Carmen. Meine Schwester sah immer noch wütend aus. Ihre Kinder ebenso. „Tolles Geschenk. Super, da bringt der rote Typ unsere Mutter Heim. Statt Geschenke gibt es wieder Stress." Maulte jetzt Karl. Frustriert warf er sich aufs Sofa. Neben seiner Schwester. „Sieh dir deine Kinder an, Carmen. Sie freuen sich nicht über ihre Mutter, ist das richtig?" fragte Nick bitter.

„Nun zu dir, Mary Gawin. Ich muss dich fragen. Willst du das alles hier hinter dir lassen und uns ins magische Reich folgen?" fragte Nick sehr ernst. „Das bedeutet, dass du deine Familie hier nie wiedersehen kannst. Für sie existierst du dann nicht mehr." Nick wartete auf meine Antwort. Ich sah meine Schwester und deren Kinder an, Nein, die Personen würde ich nicht vermissen, dachte ich. Dann sah ich meine Mutter liebevoll nicken. „Du warst immer etwas Besonderes, Kind. Ich *wünsche dir alles Glück der Erde, Liebling." Sagte Mutter sanft. Ich nickte und presste mich fest an Josef. Ich würde mich nie wieder von dem Mann trennen, dachte ich entschlossen. Nick drehte sich zu meiner Mutter. „Ihr alle seid Ungläubige, dass können wir leider nicht ändern. Aber wir können euch vergessen lassen." Erklärte er ernst und zog einen Beutel aus seiner Tasche. Während Josef mich durch den Kamin zu seinem Schlitten brachte, verteilte Nick großzügig Vergiss-mich Zauber.*

„Dein Vater hat dafür gesorgt, dass du hierher zurückkehren musstest, Mary. Er wollte, dass du dich noch einmal frei entscheiden kannst. Immerhin hast du doch alles für einen Traum gehalten. Vielleicht warst du ja froh, dass du wieder aufwachen konntest. Dein Vater hat bestimmt, dass ich dich erst heute Abend wiedersehen darf. Das waren verdammt lange Wochen, Mary. Ich liebe dich, das weiß ich jetzt. Ich habe dich so vermisst." Erklärte Josef und küsste mich leidenschaftlich. „Dann habe meinem

Vater den ganzen Ärger mit den ungezogenen Kindern zu verdanken? Ich hätte auch weiterhin in deinen Armen liegen können? Na, warte, wenn ich meinen Vater treffe." Sagte ich lachend, glücklich lachend. „Lass uns Heimfliegen, Josef. Ich möchte Lucy, Luther und Jona wiedersehen." Sagte ich leise. Josef reichte mir eine warme Decke und startete den Schlitten. Wir flogen nachhause.

Epilog

Zwei Jahre später

Überglücklich stand ich mit Lucy und meiner kleinen Tochter Regina unter dem Weihnachtsstern. Unsere Magie ließ den Stern hell aufleuchten. Strahlend schön, glühte der Stern. Das war wichtig, denn heute war Heiligabend und es wurde sehr viel Magie benötigt. Doch das in Ordnung. Es gab deswegen keinen Streit mehr. Seit ich in der magischen Welt lebte, hatten wir mit der Magie keine Probleme mehr, dachte ich zufrieden. Die Magie reichte für alle Völker hier im magischen Reich, überlegte ich. Selbst die Trolle bekamen einen Teil. Dafür unterließen sie ihre Einbrüche in unserem Haus. Ich besuchte meinen Vater oft und wir konnten vieles, was wir versäumt hatten, nachholen. Josef hatte sich lange mit Vater unterhalten. Jetzt grinste er frech und kam zu uns. „Es wird Zeit, Mary. Kommst du?" fragte mich jetzt Josef mahnend. Geduldig reichte er mir seine Hand. Nick und Babara warteten auf uns. Wir würden dieses Jahr mal wieder losfliegen, um nach meiner Familie zu schauen. Denn trotz allem machte ich mir Sorgen um Mutter, Carmen und den Kindern. Auch, wenn sich keiner der fünf an mich erinnern würde. Das hatte der Vergiss-Mich Zauber bewirkt, so erklärte es Nick damals. Für Mutter war ich damals, als Kind, gestorben. Das war besser so, sagte Josef. Denn die Wahrheit würde niemand von diesen Menschen glauben. Es war zwecklos, einen Ungläubigen vom Gegenteil zu überzeugen. Ich wusste, er dachte wieder an das magische Tor und seine Angst, als er damals mit mir davorgestanden war. Ich erinnerte mich an seine

Erleichterung, als wir   unbehelligt durchfahren konnten. Lächelnd ließ ich mich von Josef in den Schlitten helfen. Er deckte die warmen Decken über seine Lieblingsmädchen, wie er uns drei, Lucy, Regina und mich immer nannte und schnalzte. Der Schlitten setzte s ich in Bewegung, gefolgt von den riesigen Wölfen, die   uns sicher bis zum Weihnachtsdorf begleiteten. Vater winkte uns lange hinterher. „Was wollte Vater von dir, geliebter Mann?" fragte ich neugierig. Lucy und Regina waren eingeschlafen. Die Besuche beim Weihnachtsstern, strengten die Kinder immer an. Josef grinste jetzt wieder unvergleichlich. „Dein Vater möchte, dass   ich sein Nachfolger werde, Mary Kringel. Wir beide, du und ich, werden das magische Reich deines Vaters erben und Hüter des Weihnachtsterns werden. Und Beschützer der Feen, Eisbären und Wölfen." Sagte Josef dann glücklich lachend. Ich kuschelte mich an ihn und schloss zufrieden meine Augen. Auch ich war etwas erschöpft. Mein Mann hatte endlich seine Lebensaufgabe gefunden, dachte ich rundum glücklich.